Edgar Allan Poe

Os assassinatos da Rua Morgue
e O escaravelho de ouro

Tradução e adaptação em português de
Ricardo Gouveia

Ilustrações de
**Wanduir Duran e
Júlio Mendonça**

Gerência editorial
Sâmia Rios

Edição
Antonio Hansen Terra

Revisão
Maria Luiza Xavier Souto
e Thiago Barbalho

Coordenação de arte
Maria do Céu Pires Passuello

Diagramação
Fábio Cavalcante

Programação visual de capa e miolo
Didier Dias de Moraes

Ilustração de capa
Wanduir Duran

Ilustrações de miolo
Júlio Mendonça

editora scipione

Avenida das Nações Unidas, 7.221
Pinheiros
CEP 05425-902 – São Paulo – SP
www.aticascipione.com.br

Tel.: (0xx11) 4003-3061
atendimento@aticascipione.com.br

2018
ISBN 978-85-262-8341-1 – AL
ISBN 978-85-262-8342-8 – PR

CAE: 262944 – AL

Cód. do livro CL: 737976

10.ª EDIÇÃO
7.ª impressão

Impressão e acabamento
Gráfica Paym

Traduzido e adaptado de "*The murders in the Rue Morgue*" e "*The gold-bug*", in *The complete tales and poems of Edgar Allan Poe* Londres: Penguin Classics, 1965.

• ● •

Ao comprar um livro, você remunera e reconhece o trabalho do autor e de muitos outros profissionais envolvidos na produção e comercialização das obras: editores, revisores, diagramadores, ilustradores, gráficos, divulgadores, distribuidores, livreiros, entre outros.
Ajude-nos a combater a cópia ilegal! Ela gera desemprego, prejudica a difusão da cultura e encarece os livros que você compra.

• ● •

EDITORA AFILIADA

Dados Internacionais de Catalogação na Publicação (CIP)
(Câmara Brasileira do Livro, SP, Brasil)

Poe, Edgar Allan, 1809-1849.
    Os assassinatos da rua Morgue e O escaravelho de ouro / Edgar Allan Poe; adaptação em português de Ricardo Gouveia; – São Paulo: Scipione, 1997.
(Série Reencontro literatura)

    1. Literatura infantojuvenil I. Gouveia, Ricardo. 1942– II. Título. III. Série.

97-0048   CDD-028.5

Índices para catálogo sistemático:
1. Literatura infantojuvenil   028.5
2. Literatura juvenil   028.5

MISTO
Papel produzido a partir
de fontes responsáveis
FSC® C137933

Este livro foi composto em ITC Stone Serif e Frutiger
e impresso em papel Offset 75g/m².

SUMÁRIO

Quem foi Edgar Allan Poe? 5

Os assassinatos da Rua Morgue 9

Uma introdução 10

Os fatos 13

O escaravelho de ouro 51

Quem é Ricardo Gouveia? 96

QUEM FOI EDGAR ALLAN POE?

Havia algo de estranho e sombrio naquele homem invariavelmente vestido com uma capa preta e surrada, muito magro. Mas, ao mesmo tempo, sempre descrito como belo, elegante e extremamente fascinante. Muito bem-falante, Edgar Allan Poe devorava seus interlocutores com os olhos. E escrevia aqueles contos e poemas tão inusitados, que gelavam a espinha do leitor.

Nascido em Boston, Estados Unidos, em 19 de janeiro de 1809, era filho de atores decadentes, que morreram antes de o pequeno Edgar completar três anos. Foi então acolhido por um casal de Richmond, Virginia. O ambiente sulista, escravocrata e de arcaica estrutura social, viria a ser decisivo para a sua formação: aquele cenário, no qual a presença negra era tão forte, o impressionou vivamente. No contato com suas amas e criados, Poe teve acesso às narrativas folclóricas, aos relatos sobre os cemitérios e os cadáveres que vagavam pelos pântanos da região. Esta foi a base do mundo sobrenatural que ele passou a organizar em sua mente, solidificado pela leitura de revistas britânicas divulgadoras do Romantismo.

A infância de Edgar foi tranquila e confortável, tendo estudado em ótimos colégios, inclusive no exterior. Fortes laços afetivos o uniam a Frances, sua "nova mãe"; entretanto, os choques violentos viriam a ser a tônica do seu relacionamento com seu protetor, John Allan: os pendores poéticos do jovem eram abominados pelo comerciante, que queria vê-lo seguindo a sua carreira, ou qualquer outra considerada "respeitável".

De 1826 a 1830, Poe tentou a Universidade e a Academia Militar de West Point. Ambas foram interrompidas um ano depois de iniciadas. O ambiente boêmio universitário seduziu o jovem Edgar, que passou a beber e a jogar. Quanto à vida na caserna, percebeu logo que não havia sido talhado para ela. Agravando a situação, John Allan se recusava obstinadamente a lhe dar dinheiro suficiente para viver como seus colegas. Nesse período, conseguiu publicar seus dois primeiros livros: *Tamerlão e outros poemas e Al Aaraaf*, que, mal recebidos pelo público, não lhe renderam compensações financeiras.

Diante da incompreensão que cercou sua obra, sem dinheiro ou abrigo, refugiou-se em Baltimore, em casa de Maria Clemm, sua tia pelo lado paterno. Nela encontrou tanto amor quanto lhe havia dedicado Frances, mulher de Allan, falecida há pouco.

Passou a escrever contos, gênero de maior aceitação que a poesia, e em 1833 ganhou um concurso com "Manuscrito encontrado numa garrafa". No ano seguinte, voltou a procurar John Allan, ao saber que ele estava à morte. O pai adotivo, que tinha se casado novamente, foi tomado de um ataque ao vê-lo. Morreu pouco depois, sem deixar a Edgar senão o sobrenome.

Apesar das adversidades, Poe casou-se no ano seguinte com Virgínia Clemm, sua prima doze anos mais nova. Obteve o emprego de redator de uma revista de Richmond, para onde se transferiu mais tarde com a mulher e a tia. Pouco depois, mudou-se novamente, dessa vez para uma cidade em que os horizontes profissionais eram mais amplos. Foi um período de sucessivas mudanças – de Nova York para Filadélfia e vice-versa, com ocasionais retornos a Baltimore e Richmond – marcado por passagens por diversas revistas literárias.

Dotado de espantosa inteligência, seu raciocínio lógico o levaria não só a elaborar intricadas narrativas policiais, mas também a resolver um crime real, através da literatura: baseado no assassinato de Mary Cecilia Rogers, que estava desnorteando a polícia de Nova York, Poe decidiu escrever "O mistério de Marie Roget" (1842) e, formulando hipóteses e deduções, deu um final ao conto que, em seguida, foi confirmado como a resolução do enigma que envolvia a morte da jovem nova-iorquina!

Sua produção arrebanhou-lhe fama e prestígio crescentes, que nem sempre lhe asseguraram os meios de sobrevivência. Em constantes dificuldades financeiras, viu alguns de seus contos como "Os assassinatos da Rua Morgue" (1841) e o "Escaravelho de ouro" (1843) – de certo modo, pioneiros da literatura policial – serem premiados. Nesse período surgiram os *Contos do grotesco e do arabesco*, em que deu vazão ao lado mais sinistro de seu talento.

A longa doença que acometeu Virgínia em 1842 foi um golpe dilacerante para Edgar, que, apesar disso, encontrava-se em efervescência criativa, tendo escrito nessa fase sua obra-prima: o poema *O corvo*, acolhido pela crítica e pelo público com entusiasmo, e vários dos seus mais famosos contos. Virgínia veio a morrer em 1847. A fase da grande produção de Poe encerrara-se pouco antes.

Nos últimos anos de sua vida, debateu-se com seus fantasmas, recorrendo ao álcool e ao ópio como remédio contra as angústias e dificuldades que o afligiam. Em 1849, na Filadélfia, Poe embriagou-se a ponto de ser encontrado sem sentidos nas ruas da cidade. Morreu a 7 de outubro daquele ano. Sua grande obra, mágica, lírica e macabra, permanece eterna.

Os assassinatos da Rua Morgue

Uma introdução

As características mentais habitualmente classificadas como analíticas são, na verdade, pouco suscetíveis à análise. Podemos avaliá-las somente por seus efeitos. Sabemos que elas são, entre outras coisas, uma fonte de grande prazer para quem as possui em alto grau. Assim como o homem forte exulta com sua capacidade física, deleitando-se com os exercícios que estimulam os músculos, o analista glorifica-se com a atividade intelectual que *desembaraça* as coisas. Ele extrai prazer até mesmo das atividades mais triviais que desafiem o seu talento. Gosta de enigmas, charadas, hieróglifos, mostrando na solução de cada um deles um nível de perspicácia que parece sobrenatural para as pessoas comuns. Os resultados, obtidos através de puro método, têm, no entanto, toda uma aparência de intuição.

Essa capacidade de *re-solução* é, provavelmente, muito reforçada pelos estudos matemáticos, especialmente por seu ramo mais elevado que é, injustamente e apenas devido às suas operações voltadas para fatos passados, chamado, por excelência, de análise. Entretanto, calcular não é, em si, analisar. Um jogador de xadrez, por exemplo, exercita essa primeira habilidade, sem ter que se esforçar quanto à outra. Em decorrência disso, o jogo de xadrez é muito mal entendido quanto aos seus efeitos sobre o caráter moral.

Não estou escrevendo um tratado, mas simplesmente prefaciando uma narrativa um tanto peculiar com algumas observações ao acaso; vou, portanto, aproveitar a ocasião para afirmar que o mais alto grau de reflexão é requerido pelo modesto jogo de damas de maneira mais intensa e decisiva do que toda a elaborada frivolidade do xadrez. Neste último, no qual as peças têm movimentos diferentes e *bizarros*, com valores diversos e variáveis, aquilo que é apenas complexo é confundido (um erro bastante comum) com profundo. Aqui, a *atenção* é fortemente exigida. Se houver um instante de distração, se um engano for cometido, o resultado será uma desvantagem no jogo, ou mesmo a derrota. Como os movimentos possíveis não são apenas múltiplos, mas também inversos, as possibilidades de que tais enganos ocorram são multiplicadas; e, nove em dez casos, é o jogador mais concentrado, e não o mais *arguto*, que vence. Nas damas, pelo contrário, em que os movimentos são *únicos* e têm senão ligeiras variações, diminuem as probabilidades de descuido; em comparação com o xadrez, a mera atenção não é empregada, e a vantagem entre os dois jogadores será daquele que for o mais *perspicaz*.

O uíste é um jogo de cartas conhecido há muito tempo por sua influência sobre o que se chama poder de cálculo; é sabido que homens da mais alta capacidade intelectual se deleitam com esse jogo, ao mesmo tempo que desprezam o xadrez como frívolo. Sem dúvida, não existe nada similar que desafie tanto a capacidade de análise. Nas situações que vão além dos meros limites das regras, a habilidade do jogador se evidencia. Em silêncio, ele faz um grande número de observações e inferências. Ele examina a fisionomia do seu parceiro, comparando-a cuidadosamente com a de cada um de seus oponentes. Leva em conta a maneira como cada um ordena as cartas em sua mão; frequentemente calcula as cartas vencedoras e as adicionais através dos olhares lançados pelos jogadores que as detêm. Ele observa cada variação das fisionomias à medida que o jogo prossegue, reunindo informações a partir das diferenças de expressão: de certeza, de surpresa, de triunfo ou de desapontamento. Pela maneira de juntar as cartas, ele é capaz de deduzir o jogo que o participante está tentando formar. Ele reconhece um lance dissimulado pelo modo como a carta é jogada sobre a mesa. Uma palavra casual ou irrefletida; a queda ou virada acidental de uma carta com a ansiedade ou indiferença que a acompanham para ocultar o fato; a contagem dos pontos; embaraço, hesitação, ansiedade ou apreensão

– a percepção aparentemente intuitiva de tudo isso proporciona indicações do verdadeiro estado das coisas. Depois das duas ou três primeiras rodadas, ele já tem pleno conhecimento do jogo de cada adversário, e aí então lança suas cartas de maneira absolutamente determinada, como se os outros jogadores tivessem suas cartas voltadas para ele.

O poder de análise não deveria ser confundido com simples engenho, pois enquanto o analista é necessariamente engenhoso, o homem engenhoso é, muitas vezes, notavelmente incapaz de análise. Entre o engenho e a capacidade analítica existe uma diferença muito maior do que entre a fantasia e a imaginação, mas seu caráter é estritamente análogo. Poderá se constatar, de fato, que os engenhosos são sempre fantasiosos e que os verdadeiramente imaginativos são sempre analíticos.

A narrativa que segue será para o leitor, de certa forma, um comentário sobre as proposições que acabo de apresentar.

Os fatos

Quando morava em Paris, na primavera e parte do verão de 18..., travei conhecimento com um certo *Monsieur* C. Auguste Dupin. Esse jovem cavalheiro pertencia a uma excelente família, ilustre de fato, mas, devido a uma série de eventos desagradáveis, havia sido levado a uma condição de pobreza tal que a energia de seu caráter sucumbira a ela. Deixou de se interessar pelo mundo ou de se preocupar em recuperar sua fortuna. Por cortesia dos seus credores, ainda detinha em seu poder uma pequena parte do antigo patrimônio e, com a renda que dele provinha, conseguia, por meio de severa economia, suprir as necessidades da vida, sem se permitir gastos com o supérfluo. Na verdade, os livros eram seu único luxo, e em Paris pode-se consegui-los em cada esquina.

Nosso primeiro encontro se deu numa pequena livraria da Rua Montmartre, onde o acaso de estarmos ambos procurando o mesmo livro raro e extraordinário nos aproximou. Vimo-nos várias outras vezes. Eu estava profundamente interessado na pequena história familiar que ele me detalhou com a franqueza a que todo francês se entrega sempre que o tema é a sua própria pessoa. Fiquei espantado, também, com o quanto ele havia lido e, acima de tudo, minha alma se incendiou com o fervor turbulento e com a vivacidade de sua imaginação. Uma vez que eu estava empenhado em procurar as obras nas quais eu então estava interessado, imaginei que a associação com um homem desse tipo seria para mim um tesouro incalculável; e, com toda a franqueza, confiei a ele esse meu sentimento. Por fim, combinamos morar juntos enquanto eu estivesse na cidade, e, uma vez que minha situação financeira era um pouco menos difícil do que a dele, consegui que ficassem a meu encargo as despesas de alugar e de mobiliar um apartamento, num estilo fantástico e sombrio bastante compatível com o temperamento de ambos. Arranjamos uma mansão grotesca, toda cambaia e carcomida pelo tempo, há muito abandonada devido a superstições sobre as quais não indagamos, num recanto afastado e desolado do Faubourg St. Germain.

Se a rotina da nossa vida naquele lugar fosse conhecida, teríamos sido considerados loucos – embora, talvez, loucos inofensivos. Nosso isolamento era completo. Não recebíamos visitas. De fato, o local do nosso retiro tinha sido cuidadosamente mantido em segredo até mesmo para os meus próprios amigos de outrora; muitos anos haviam passado desde que Dupin deixara de frequentar ou ser frequentado por qualquer parisiense. Vivíamos em nosso próprio mundo, para nós mesmos.

Uma excentricidade do meu amigo era sua paixão pela noite – pela noite em si –, e cedi a essa sua esquisitice, como a todas as outras. Entreguei-me aos seus caprichos com absoluto abandono. As trevas noturnas não estavam sempre conosco, mas podíamos simular sua presença. Logo ao alvorecer, fechávamos todas as janelas do nosso velho prédio e acendíamos um par de velas fortemente perfumadas, que lançavam apenas débeis e fantasmagóricos raios de luz. Com a sua ajuda, mergulhávamos em sonhos – lendo, escrevendo ou conversando, até o relógio nos avisar que chegara a verdadeira Escuridão. Então saíamos para as ruas, de braço dado, ainda a discutir os assuntos do dia, caminhando longas distâncias a esmo até horas tardias, procurando entre as luzes e sombras irreais da cidade aquela infinidade de excitação mental que a observação tranquila pode permitir.

Nesses momentos, eu não podia deixar de notar e admirar uma curiosa capacidade analítica de Dupin. Ele também parecia se regozijar em exercê-la – se bem que não exatamente como ostentação – e não hesitava em confessar o prazer que sentia nisso. Ele se gabava, com uma risadinha marota, de que para ele a maior parte dos homens eram como que transparentes, e costumava acompanhar essas afirmações com provas diretas e surpreendentes do seu conhecimento profundo da minha própria pessoa. Seu comportamento em tais momentos era frio e abstrato; seus olhos tornavam-se vagos e inexpressivos, enquanto sua voz, normalmente a de um rico tenor, atingia um tom agudo que poderia soar petulante, não fosse a deliberação e a perfeita clareza da enunciação. Observando-o em tais estados de espírito, muitas vezes fiquei meditando sobre a velha filosofia da alma bipartida, e me diverti ao fantasiar a existência de um duplo Dupin – o criativo e o analítico.

Certa noite, caminhávamos por uma rua longa e suja nas vizinhanças do Palais Royal. Como estávamos ambos aparentemente absortos em nossos próprios pensamentos, nenhum de nós havia pronunciado uma sílaba durante pelo menos quinze minutos. De repente, Dupin exclamou:

– É verdade, ele é um sujeito muito baixinho, e estaria melhor no Teatro de Variedades.

– Não há dúvida –, repliquei sem pensar e sem perceber de início, tão imerso estava em minhas reflexões, a maneira extraordinária como ele havia entrado em sincronia com minhas meditações. Um momento depois me recompus, e era profunda a minha perplexidade.

– Dupin – disse gravemente –, isso está além da minha compreensão. Não hesito em dizer que estou tão admirado que mal posso acreditar nos meus sentidos. Como é possível que você soubesse que eu estava pensando em...? – E parei aqui, para me certificar, além de qualquer dúvida, de que ele realmente sabia em quem eu estava pensando.

– ... em Chantilly – disse ele –; por que parou? Você estava observando para si mesmo que sua figura diminuta o tornava inadequado para a tragédia.

Era precisamente este o assunto das minhas reflexões. Chantilly era um antigo sapateiro da Rua St. Denis que, tendo se apaixonado pelo palco, tentou o papel de Xerxes na tragédia de mesmo nome escrita por Crébillon, ocasião em que foi intensamente vaiado como retribuição pelos seus esforços.

– Diga-me, por Deus – exclamei –, o método, se é que existe algum método, pelo qual você conseguiu perscrutar a minha alma e adivinhar o que ia por ela.

Sem dúvida, eu estava mais espantado do que gostaria de admitir.

– Foi o fruteiro – replicou meu amigo – que levou você à conclusão de que o sapateiro remendão não era suficientemente alto para o papel de Xerxes.

– O fruteiro? Você me espanta. Não conheço nenhum fruteiro!

– O homem que atropelou você logo que entramos nesta rua – deve ter sido há uns quinze minutos.

Lembrei-me, então, de que, realmente, um fruteiro carregando uma grande cesta de maçãs sobre a cabeça quase me havia derrubado, por acidente, quando passamos da Rua C... à avenida onde estávamos agora; mas o que isso tinha a ver com Chantilly, eu não podia entender.

Não havia qualquer traço de charlatanismo na atitude de Dupin.

– Vou explicar – disse ele –, e, para que você possa compreender mais claramente, vou relembrar a sequência das suas meditações, desde o momento em que falei com você até o momento do encontro com o fruteiro. Os elos principais da cadeia são os seguintes: Chantilly, Orion, Dr. Nichols, Epicuro, estereotomia, as pedras do calçamento e o fruteiro.

Há poucas pessoas que não tenham, a uma certa altura de suas vidas, se divertido com a reconstrução dos passos pelos quais chegaram a uma determinada conclusão. Esta é muitas vezes uma ocupação bastante interessante, e quem tentá-la pela primeira vez ficará perplexo com a distância aparentemente ilimitada e com a incoerência existentes entre o ponto de partida e a meta final. Qual não foi, então, o meu assombro quando ouvi o francês dizer o que acabara de dizer, e quando não pude deixar de reconhecer que ele falara a verdade! Ele continuou:

– Estávamos falando de cavalos, se bem me lembro, logo antes de deixarmos a Rua C.... Foi esse o último assunto que discutimos. Quando entramos nesta rua, um fruteiro, com uma grande cesta sobre a cabeça, passando rapidamente por nós, empurrou-o para cima de uma pilha de pedras de calçamento, num trecho do leito em que estão fazendo consertos. Você pisou em alguns fragmentos soltos, escorregou, torceu levemente o tornozelo, ficou um pouco amuado, ou mesmo exasperado, resmungou algumas palavras, voltou-se para olhar a pilha de pedras, e então continuou caminhando em silêncio. Eu não estava prestando muita atenção nas suas atitudes, mas ultimamente a observação tem se tornado uma espécie de necessidade para mim. Você mantinha os olhos fixos no chão, mirando com uma expressão petulante os buracos e frestas do calçamento (e assim, vi que você ainda estava pensando nas pedras), até que chegamos à pequena viela chamada Lamartine, que foi pavimentada, a título de experiência, com pedras sobrepostas e encaixadas. Aí, sua fisionomia se iluminou e, percebendo o movimento dos seus lábios, não tive dúvida de que você murmurou a palavra "estereotomia", um termo muito pernóstico que se aplica a este tipo de pavimento. Eu sabia que você não poderia dizer para si mesmo "estereotomia" sem associar essa palavra com "atomias", partículas – e daí com as teorias de Epicuro. E uma vez que, quando discutimos esse assunto não faz muito tempo, mencionei a você de que maneira singular as vagas suposições daquele nobre grego foram confirmadas pela recente cosmogonia nebular, achei que você não poderia deixar de erguer os olhos para a grande nebulosa de Orion, e tinha certeza de que você o faria. Você olhou para cima – e eu agora tinha certeza de que havia seguido os seus passos corretamente. Mas, na maldosa crítica contra Chantilly que apareceu no *Musée* de ontem, o satirista fez uma referência a Orion e, por isso, eu sabia que você não a iria esquecer. Estava claro, portanto, que você não deixaria de juntar as duas ideias, Orion e Chantilly. Que você as juntou, eu deduzi pelo tipo de sorriso que passou pelos seus lábios. Você pensou no sacrifício do pobre sapateiro. Até então, você caminhava curvado – mas aí notei que você se aprumou, assumindo sua verdadeira altura. Estava certo então de que você havia refletido sobre a figura diminuta de Chantilly. Nesse momento, interrompi suas meditações para observar que, de fato, ele é muito baixinho, esse tal de Chantilly, e que estaria melhor no Teatro de Variedades.

Pouco depois disso, estávamos folheando a edição vespertina da *Gazette des Tribunaux*, quando os parágrafos que seguem chamaram a nossa atenção.

ASSASSINATOS EXTRAORDINÁRIOS

Esta madrugada, por volta das três horas, os moradores do Quartier St. Roch foram despertados por uma série de gritos terríveis que partiram, aparentemente, do quarto andar de uma casa na Rua Morgue, o qual, ao que se sabe, é ocupado unicamente por uma certa Madame L'Espanaye e sua filha, *Mademoiselle* Camille L'Espanaye. Após alguma demora, ocasionada por uma tentativa infrutífera de entrar pelos métodos usuais, a porta de entrada foi arrombada com um pé-de-cabra e oito ou dez vizinhos entraram, acompanhados por dois policiais. A essa altura, os gritos haviam cessado; mas, enquanto o grupo subia apressadamente o primeiro lance de escadas, destacaram-se, em acirrada discussão, duas ou mais vozes ásperas que pareciam vir da parte superior da casa. Atingido o segundo patamar, também esses sons haviam cessado e tudo permanecia perfeitamente calmo. O grupo se espalhou, e as pessoas passaram a percorrer sala por sala apressadamente. Quando chegaram a um grande recinto nos fundos do quarto andar (cuja porta, que estava trancada a chave por dentro, foi forçada), apresentou-se um espetáculo que chocou todos os presentes, não apenas com horror, mas com perplexidade.

O apartamento encontrava-se na mais violenta desordem, os móveis arrebentados e atirados à toda volta. Havia apenas uma cama, da qual o estrado havia sido arrancado e jogado ao chão, no meio do quarto. No assento de uma cadeira via-se uma navalha lambuzada de sangue. Sobre a lareira havia duas ou três longas e espessas mechas de cabelo humano grisalho, também salpicadas de sangue, parecendo ter sido não cortadas, mas arrancadas pelas raízes. No chão foram encontradas quatro moedas de ouro, um brinco de topázio, três grandes colheres de prata, três colheres menores de metal inferior e duas sacolas contendo cerca de quatro mil francos em ouro. As gavetas de uma cômoda situada a um canto foram abertas e tinham sido aparentemente saqueadas, embora muitas peças ainda permanecessem nelas. Um pequeno cofre de ferro foi encontrado embaixo da cama. Estava aberto, com a chave ainda na porta. Não continha nada além de algumas cartas velhas e outros papéis sem maior importância.

Não foi encontrado sinal de Madame L'Espanaye; mas, como havia uma quantidade incomum de fuligem na lareira, fizeram uma busca na chaminé e – horror! – arrancaram de dentro dela o cadáver da filha, de cabeça para baixo; tinha sido empurrado pela estreita abertura até uma altura considerável. O corpo ainda estava bem quente. Ao se proceder ao exame, foram notadas muitas escoriações, sem dúvida ocasionadas pela violência com que ele havia sido forçado para cima e depois arrancado de volta. Havia diversos arranhões no rosto e manchas escuras no pescoço, além de marcas de unhas, como se a defunta tivesse sido estrangulada.

Depois de minuciosa investigação por todos os cantos da casa, sem qualquer descoberta adicional, o grupo foi até o pequeno pátio calçado nos fundos do prédio, onde jazia o cadáver da velha senhora, com a garganta tão inteiramente cortada que, quando foi feita uma tentativa de erguê-lo, a cabeça caiu. O corpo, assim como a cabeça, estava terrivelmente mutilado, a ponto de o primeiro não ter mais qualquer aparência humana.

Acreditamos que não exista, até o momento, nenhuma pista que possa levar à solução desse horrível mistério.

O jornal do dia seguinte trazia alguns pormenores adicionais:

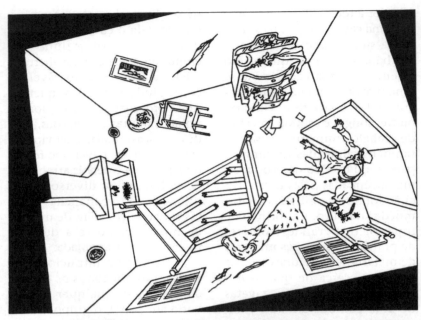
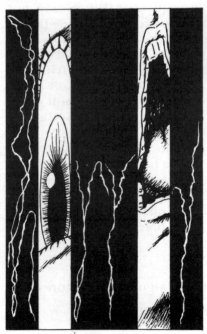
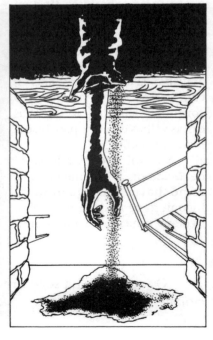

A TRAGÉDIA DA RUA MORGUE

Muitos indivíduos foram interrogados com relação a essa mui extraordinária e terrível ocorrência, mas absolutamente nada transpirou que lançasse alguma luz sobre o caso. Transcrevemos abaixo todos os testemunhos que foram prestados.

Pauline Dubourg, lavadeira, declara haver conhecido ambas as vítimas há três anos, tendo lavado roupa para elas durante esse período. A velha senhora e sua filha pareciam viver bem, demonstrando muito carinho uma para com a outra. Eram excelentes pagadoras. Nada a declarar quanto ao seu modo e meio de vida. Acredita que Madame L. tirava a sorte nas cartas para viver. Dizia-se que tinha dinheiro guardado. Nunca encontrou qualquer pessoa estranha na casa quando ia buscar as roupas ou quando as levava de volta. Estava certa de que não tinham empregados. Parecia não haver móveis em qualquer parte do prédio, exceto no quarto andar.

Pierre Moreau, proprietário de charutaria, depõe que costumava vender pequenas quantidades de tabaco e rapé a Madame L'Espanaye durante cerca de quatro anos. Tinha nascido na vizinhança, onde sempre havia morado. A defunta e sua filha habitaram a casa onde foram encontradas por mais de seis anos. Antes, ela havia sido ocupada por um joalheiro, que sublocou os quartos superiores a diversas pessoas. A casa pertencia a Madame L., que se aborrecera com os abusos cometidos pelo inquilino em sua propriedade e mudou-se para lá, recusando-se a alugar qualquer outra parte do prédio. A velha senhora estava caducando. A testemunha viu a filha cinco ou seis vezes no decorrer dos últimos seis anos. As duas viviam uma vida extremamente reclusa – sabia-se que tinham dinheiro. Dizia-se entre os vizinhos que Madame L. tirava a sorte nas cartas – não acreditava nisto. Nunca tinha visto qualquer pessoa passar pela porta a não ser a velha e sua filha, um entregador uma ou duas vezes e um médico, oito ou dez vezes.

Muitos outros vizinhos prestaram depoimentos semelhantes. Nenhum deles frequentava a casa. Não se sabia se Madame L. e sua filha tinham parentes vivos. As venezianas das janelas dianteiras raramente eram abertas. As traseiras estavam sempre fechadas, com exceção do grande quarto dos fundos, no quarto andar. Era uma casa boa, não muito velha.

Isidore Musèt, policial, depõe que foi chamado à casa por volta de três horas da manhã, e que encontrou vinte ou trinta pessoas na frente do prédio, tentando entrar. Afinal, a porta foi forçada com uma baioneta – não com um pé-de-cabra. Não foi muito difícil abri-la, por se tratar de uma porta dupla e dobrável que não estava aferrolhada nem em cima nem embaixo. Os gritos no interior da casa continuaram até que ela foi arrombada – e então pararam subitamente. Pareciam ser gritos da mesma pessoa (ou pessoas) em grande agonia. Eram fortes e prolongados, e não curtos e breves. A testemunha liderou o caminho escada acima. Ao chegar no primeiro patamar, ouviu duas vozes em contenda furiosa. Uma delas era grossa, e a outra, muito mais estridente, muito estranha. Foi possível a ele distinguir algumas palavras ditas pela primeira voz, que parecia ser de um francês. Tinha certeza de que não era de mulher. Pôde distinguir as palavras *sacré* e *diable*(*). A voz estridente era de um estrangeiro. Não tem certeza se era de homem ou de mulher. Não pôde distinguir o que foi dito, mas acredita que a língua era o espanhol. O estado da sala e dos corpos foi descrito por essa testemunha conforme o descrevemos ontem.

Henri Duval, vizinho e artesão de prata por profissão, declara que foi um dos primeiros a entrar na casa. Confirma, em geral, o testemunho de Musèt. Logo depois de terem forçado a entrada, fecharam novamente a porta para manter a multidão, que se juntava muito depressa, apesar da hora tardia, do lado de fora. A voz estridente, segundo pensa essa testemunha, pertencia a um italiano. Certamente não era de um francês. Não tinha certeza se era voz de homem. Poderia ser de mulher. Não tinha conhecimento da língua italiana. Não podia distinguir as palavras mas, pela entonação, estava convencido de que quem falava era um italiano. Conhecia Madame L. e sua filha. Conversara com ambas muitas vezes. Estava convencido de que a voz estridente não era de nenhuma das falecidas.

Odenheimer, dono de restaurante. Essa testemunha apresentou seu depoimento voluntariamente. Como não fala francês, foi ouvida através de um intérprete. Nasceu em Amsterdã. Passava perto da casa no momento em que ouviu os gritos. Estes duraram vários minutos – talvez dez. Eram prolongados e altos, muito terríveis e angustiantes. Estava entre os que entraram no prédio. Corroborou as declarações anteriores em todos os pontos, com exceção de um: estava certo de

---

(*) "sagrado" e "diabo".

que a voz estridente era de um homem – de um francês. Não foi capaz de distinguir as palavras, pronunciadas desigualmente, com rapidez e num tom elevado. Aparentemente, eram ditas com medo, bem como com raiva. A voz era áspera – não exatamente estridente, mas áspera. Não podia chamá-la de uma voz estridente. A voz grossa repetiu várias vezes as palavras *sacré, diable* e, uma vez, *mon Dieu*(*).

Jules Mignaud, banqueiro, da firma *Mignaud et Fils*, situada à Rua Deloraine. É o mais velho da família. Madame L'Espanaye possuía alguns bens. Tinha aberto uma conta em sua casa bancária na primavera do ano... (*oito anos atrás*). Fazia frequentes depósitos de pequenas quantias. Não havia efetuado nenhuma retirada até o terceiro dia anterior à sua morte, quando sacou pessoalmente a importância de quatro mil francos. Essa importância foi paga em ouro, e um funcionário foi enviado à sua casa com o dinheiro.

Adolphe Le Bon, funcionário da *Mignaud et Fils*, depõe que no dia em questão, por volta do meio-dia, acompanhou Madame L'Espanaye à sua residência com os quatro mil francos, transportados em duas sacolas. Quando a porta se abriu, *Mademoiselle L.* apareceu e tomou de suas mãos uma das sacolas, enquanto a velha senhora apanhava a outra. Ele então cumprimentou-as e partiu. Não viu qualquer pessoa na rua naquela hora. Era uma ruela secundária, bastante deserta.

William Bird, alfaiate, depõe que integrou o grupo que entrou na casa. É inglês. Mora em Paris há dois anos. Foi um dos primeiros a subir as escadas. Ouviu vozes em discussão. A voz grossa era de um francês. Conseguiu distinguir diversas palavras, mas não pôde lembrar-se de todas. Ouviu distintamente *sacré* e *mon Dieu*. Enquanto isso ouvia-se um som como que de diversas pessoas brigando – um ruído de luta corporal violenta. A voz estridente era muito alta – mais alta do que a voz grossa. Tem certeza de que não era a voz de um inglês. Parecia ser um alemão. Poderia ser uma voz de mulher. Não entende alemão.

Quatro das testemunhas acima citadas, ao serem novamente interrogadas, declararam que a porta do quarto em que foi encontrado o corpo de *Mademoiselle L.* estava trancada pelo lado de dentro quando ali chegaram. Tudo estava em silêncio – não se ouviam gemidos nem rumores de qualquer espécie. Depois de forçada a porta, constataram que não havia ninguém

---

(*) "meu Deus".

no quarto. As janelas, tanto as da frente como as de trás, estavam fechadas e firmemente aferrolhadas por dentro. A porta que liga os dois quartos estava fechada, mas não aferrolhada. A porta entre a sala da frente e a passagem estava trancada, com a chave no lado de dentro. Um quartinho de frente, no quarto andar, no começo do corredor, estava com a porta escancarada. Estava entulhado de camas velhas, caixotes e coisas similares. Os objetos foram cuidadosamente removidos e examinados. Não houve um único recanto da casa que não tivesse sido cuidadosamente examinado. As chaminés foram meticulosamente varridas. A casa tinha quatro andares, com sótãos. Um alçapão no teto estava firmemente pregado, e parecia não ter sido aberto há muitos anos. As testemunhas não chegaram a um acordo quanto ao tempo decorrido entre o momento em que se ouviram as vozes em contenda e o arrombamento da porta do quarto. Algumas declararam ter sido apenas três minutos – outras, até cinco minutos. A porta foi aberta com dificuldade.

Alfonzo Garcio, agente funerário, depõe que reside na Rua Morgue. Nasceu na Espanha. Estava com o grupo que entrou na casa. Não subiu as escadas. É nervoso, e estava apreensivo quanto às consequências da tal agitação. Ouviu as vozes em discussão. A voz grossa era a de um francês. Não pôde distinguir o que foi dito. A voz estridente era a de um inglês, tem certeza disso. Não entende a língua inglesa, mas julga pela entonação.

Alberto Montani, confeiteiro, depõe que estava entre os primeiros a subir as escadas. Ouviu as vozes em questão. A voz grossa era a de um francês. Distinguiu diversas palavras. A pessoa que falava parecia estar censurando alguém. Não conseguiu distinguir as palavras proferidas pela voz estridente. Ela soava rápida e desigual. Acha que é a voz de um russo. Corrobora o testemunho geral. É italiano. Jamais conversou com uma pessoa nascida na Rússia.

Diversas testemunhas, chamadas a depor novamente, declararam que as chaminés de todos os recintos do quarto andar eram estreitas demais para admitir a passagem de um ser humano. Por "varridas", entende-se que as chaminés foram examinadas com a utilização de escovas cilíndricas, como aquelas que são usadas pelos limpadores de chaminés. Essas escovas foram passadas para cima e para baixo em todas as chaminés existentes na casa. Não havia qualquer outra passagem pela qual alguém pudesse ter descido enquanto o grupo subia as escadas. O corpo de *Made-*

moiselle L'Espanaye estava tão firmemente encravado na chaminé que só pôde ser arrancado quando quatro ou cinco pessoas do grupo uniram seus esforços.

Paul Dumas, médico, depõe que foi convocado para examinar os corpos após o romper do dia. Jaziam ambos sobre o estrado da cama, no recinto onde *Mademoiselle* L. foi encontrada. O cadáver da jovem estava muito contundido e escoriado. O fato de ele ter sido forçado para dentro da chaminé poderia justificar suficientemente essa aparência. O pescoço estava bastante esfolado. Havia diversos arranhões profundos logo abaixo do queixo, juntamente com diversas manchas lívidas que tinham sido evidentemente causadas pela pressão de dedos. O rosto estava terrivelmente descolorido e os olhos saltavam fora das órbitas. A língua estava parcialmente cortada pelos dentes. Foi constatada uma grande equimose na altura da boca do estômago, aparentemente produzida pela pressão de um joelho. Na opinião de *Monsieur* Dumas, *Mademoiselle* L'Espanaye foi estrangulada até a morte por pessoa ou pessoas desconhecidas. O cadáver da mãe estava horrivelmente mutilado. Todos os ossos da perna e do braço direitos estavam mais ou menos fraturados. A tíbia esquerda estava bastante estilhaçada, assim como as costelas do lado esquerdo. Todo o corpo mostrava-se horrivelmente escoriado e descolorido. Não foi possível determinar como os ferimentos foram infligidos. Um pesado bastão de madeira, ou uma grande barra de ferro – talvez uma cadeira – qualquer arma grande, pesada e rombuda, poderia ter produzido tais resultados, desde que manejada por um homem muito forte. Nenhuma mulher poderia ter provocado tais ferimentos, com qualquer tipo de arma. A cabeça da defunta, quando vista pelas testemunhas, estava totalmente separada do corpo, e seriamente estilhaçada. A garganta havia sido evidentemente cortada por algum instrumento muito afiado – provavelmente uma navalha.

Alexandre Etienne, cirurgião, foi convocado por Monsieur Dumas para examinar os corpos. Confirmou os testemunhos e também as opiniões de *Monsieur* Dumas.

Nada de maior relevância foi apurado, embora muitas outras pessoas tenham sido interrogadas. Jamais foi cometido em Paris um assassinato tão misterioso e tão surpreendente – se é que houve realmente um assassinato. A polícia não sabe que caminho tomar, o que não é normal em ocorrências desse tipo. Mas, de qualquer forma, não existe aparentemente nenhuma pista.

Na edição vespertina, o jornal declarava que uma grande excitação ainda imperava no Quartier St. Roch. O local das ocorrências tinha sido cuidadosamente reexaminado e as testemunhas ouvidas novamente, mas não se obtiveram resultados satisfatórios. Entretanto, uma nota de última hora mencionava que Adolphe Le Bon tinha sido detido e encarcerado, embora nada parecesse incriminá-lo, a julgar pelos fatos já detalhados.

Dupin parecia singularmente interessado no andamento do caso – pelo menos era o que eu podia deduzir do seu comportamento, uma vez que ele não fazia comentários. Foi somente após a notícia de que Le Bon fora preso que ele perguntou minha opinião a respeito dos assassinatos.

Eu podia apenas concordar com toda a cidade de Paris, considerando-os como um mistério insolúvel. Não via maneira pela qual fosse possível descobrir o assassino.

– Não podemos formar opinião pela maneira superficial com que essas investigações estão sendo conduzidas – disse Dupin. – A polícia parisiense, tão elogiada por sua perspicácia, é astuta, nada mais. Não existe método em seus procedimentos, além do método do momento. Faz grande estardalhaço com suas medidas, em geral inadequadas. Os resultados obtidos são muitas vezes surpreendentes mas, em sua maior parte, são conquistados simplesmente pela diligência e pela atividade. Quando estas qualidades são insuficientes, seus esquemas falham. Há tempos, contávamos com um esforçado chefe de polícia: Vidocq. Ele era um bom adivinhador e um homem perseverante. Mas, não possuindo a inteligência educada, errava continuamente devido ao ardor com que conduzia suas investigações. Sua visão era prejudicada por examinar o objeto com proximidade excessiva. Poderia ver, talvez, um ou dois pontos com clareza incomum, mas, ao fazê-lo, perdia necessariamente a visão do conjunto. Portanto, pode-se ser profundo demais. Mas a verdade nem sempre está no fundo de um poço. De fato, acredito que, quanto ao que mais importa conhecer, ela é invariavelmente superficial. Quanto aos assassinatos, vamos nós mesmos tecer algumas considerações antes de formar uma opinião a respeito. Uma investigação vai nos proporcionar um bom divertimento.

Achei o termo, aplicado dessa forma, um tanto estranho, mas não disse nada. E Dupin concluiu:

– Além disso, Le Bon certa vez me prestou um serviço, pelo qual sou grato. Vamos examinar o local do crime com nossos próprios olhos. Eu conheço G..., o delegado de polícia, e não será difícil conseguir a autorização necessária.

A permissão foi obtida, e fomos imediatamente à Rua Morgue. É uma das vielas miseráveis que ficam entre a Rua Richelieu e a Rua St. Roch. Era tarde quando chegamos lá, pois esse distrito fica muito longe daquele onde morávamos. Logo identificamos a casa, pois ainda havia muitas pessoas olhando para as janelas fechadas, com uma curiosidade inútil, do outro lado da calçada. Era uma casa parisiense comum, com um portão principal e, do outro lado, uma guarita envidraçada com porta corrediça que parecia ser o lugar em que a zeladora ficava. Antes de entrar subimos a rua, dobramos por uma viela e então, dobrando outra vez, passamos pelos fundos do prédio. Nesse meio tempo, Dupin examinou toda a vizinhança, bem como a casa, com uma atenção tão minuciosa que me deixou perplexo quanto à sua finalidade.

Voltando sobre nossos passos, chegamos novamente à frente do prédio, tocamos a campainha e, depois de apresentar nossas credenciais, fomos admitidos pelos agentes encarregados. Subimos as escadas até o recinto onde foi encontrado o corpo de *Mademoiselle* L'Espanaye, e onde ainda jaziam os dois cadáveres. O aposento permanecia em desordem, tal e qual ficara após o crime. Não vi nada além do que tinha sido detalhado pela *Gazette des Tribunaux*. Dupin examinou tudo meticulosamente, inclusive os corpos das vítimas. Passamos então às outras salas e ao pátio, com um policial às nossas costas o tempo todo. O exame ocupou-nos até o escurecer, quando saímos. Durante nosso caminho de volta, meu companheiro entrou por um instante na redação de um dos jornais diários.

Já disse que meu amigo tinha muitos caprichos; no seu estado de espírito atual, ele preferia evitar qualquer conversa sobre o assunto dos assassinatos, e assim permaneceu até o meio do dia seguinte. Então, ele me perguntou subitamente se eu tinha observado algo de peculiar no cenário das atrocidades.

Havia algo em sua maneira de enfatizar a palavra "peculiar" que me fez estremecer, sem saber por quê.

– Não, nada de *peculiar* – disse eu –, pelo menos nada além daquilo que lemos nos jornais.

– A *Gazette* – retrucou ele – não entrou, receio, no horror insólito do caso. Mas vamos esquecer as opiniões superficiais desse jornal. Parece-me que esse mistério é considerado insolúvel pela própria razão que deveria fazer com que fosse encarado como de fácil solução – quero dizer, pelo caráter exagerado de suas particularidades. A polícia está confusa pela aparente ausência de motivos – não pelos assassinatos em si, mas pela atrocidade dos assassinatos. Estão também perplexos pela aparente impossibilidade de conciliar o fato de que foram ouvidas vozes em discussão com as evidências de que não foi encontrado ninguém no andar superior, exceto a assassinada *Mademoiselle* L'Espanaye, e de que não havia possibilidade de fuga que não fosse percebida pelo grupo que subia as escadas. A desordem selvagem do quarto, o cadáver enfiado de cabeça para baixo na chaminé, a horrível mutilação do corpo da velha senhora – essas considerações, juntamente com as outras que acabo de mencionar e outras ainda que não preciso mencionar, foram suficientes para paralisar os poderes dos agentes do governo, fazendo falhar completamente a *perspicácia* de que tanto se gabam. Caíram no erro grosseiro, porém frequente, de confundir o inusitado com o incompreensível – mas é nesses desvios do plano do comum que a razão procura seu caminho na busca da verdade. Em investigações tais como a que agora estamos fazendo, dever-se-ia perguntar não tanto "o que aconteceu", mas "o que aconteceu que nunca aconteceu antes". De fato, a facilidade com que chegarei, ou já cheguei, à solução desse mistério, está na razão direta de sua aparente insolubilidade aos olhos da polícia.

Fiquei olhando para o meu interlocutor em muda perplexidade.

– Agora estou aguardando – ele continuou, olhando para a porta do nosso apartamento –, agora estou aguardando uma pessoa que, embora talvez não tenha sido a perpetradora dessas carnificinas, deve estar envolvida na sua execução. É provável que seja inocente da *execução* dos crimes. Espero estar certo nessa suposição, pois sobre ela construí minhas expectativas de decifrar todo esse enigma. Aguardo a chegada do homem aqui, nesta sala, a qualquer momento. É verdade que ele pode não chegar; mas é provável que chegue. Se ele vier, será necessário detê-lo. Aqui estão duas pistolas; ambos saberemos usá--las quando for necessário.

Peguei as pistolas, mal sabendo o que fazia e mal crendo no que tinha ouvido, enquanto Dupin continuava, como se estivesse dizendo um monólogo. Sempre falei de sua maneira ausente em certas ocasiões. Sua explanação era dirigida a mim, mas sua voz, embora não fosse alta, tinha aquela entonação que é normalmente usada quando se fala com uma pessoa que está a grande distância. Seus olhos, com expressão vaga, fitavam apenas a parede.

– Aquelas vozes que foram ouvidas em contenda – disse ele –, que foram ouvidas pelo grupo que subia as escadas, não pertenciam às próprias mulheres, como foi plenamente demonstrado pelas provas. Isso elimina todas as nossas dúvidas quanto à velha senhora ter podido ou não eliminar a filha em primeiro lugar, cometendo suicídio depois. Estou citando este ponto simplesmente por uma questão de método, pois a força física de Madame L'Espanaye teria sido totalmente insuficiente para a tarefa de enfiar o corpo da filha pela chaminé acima, tal como ele foi encontrado. E a natureza das lesões em sua própria pessoa elimina totalmente a ideia de autodestruição. O assassinato, assim, foi cometido por terceiros, e foram as vozes destes terceiros, a discutir, que se ouviram. Agora, deixe-me chamar sua atenção, não para o testemunho completo a respeito daquelas vozes, mas para o que era *peculiar* naquele testemunho. Você não o percebeu?

Observei que, enquanto todas as testemunhas estavam de acordo em atribuir a voz grossa a um francês, não se chegou a uma conclusão quanto à voz estridente ou, como foi classificada por uma delas, áspera.

– Isso foi a própria evidência – disse Dupin –, mas não foi a peculiaridade da evidência. Você não observou nada de especial. No entanto, *havia* algo a ser observado. As testemunhas, como você notou, concordaram quanto à voz grossa, foram unânimes quanto a ela. Mas, quanto à voz estridente, a peculiaridade não reside na discrepância de opiniões, mas no fato de um italiano, um inglês, um espanhol, um holandês e um francês tentarem descrevê-la, referindo-se a ela como sendo a voz *de um estrangeiro*. Cada um deles tinha certeza de que a voz não pertencia a um conterrâneo seu. Cada um deles não a comparou à voz de um indivíduo de qualquer nação em cuja linguagem ele é fluente, mas o contrário. O francês supõe que a voz era de um espanhol, e que ele "poderia ter distinguido algumas palavras *se entendesse espanhol*". O holandês sustenta que era a voz de um francês, mas encontramos a afirmação de que *"por não entender francês, a testemunha foi interrogada através de um intérprete"*. O inglês acha que a voz é de um alemão, *"mas não entende alemão"*. O espanhol "tem certeza" de que era a voz de um inglês *"a julgar pela entonação"* apenas, pois *"não tem conhecimento de inglês"*. O italiano acredita ser a voz de um russo, mas *"nunca conversou com um nativo da Rússia"*. Um segundo francês, porém, discorda do primeiro, afirmando categoricamente que a voz era a de um italiano, mas *"como não conhece esta língua"* foi, como o espanhol, *"convencido pela entonação"*. Ora, quão estranhamente incomum não deve ter sido aquela voz, para que suscitasse tais testemunhas! Uma voz em cujos tons nem mesmo cidadãos das cinco grandes divisões da Europa puderam reconhecer algo de familiar! Você poderia dizer que era a voz de um asiático ou de um africano. Não existem muitos africanos e asiáticos em Paris, mas, sem contestar essa inferência, vou apenas chamar sua atenção sobre três pontos. A voz foi classificada por uma das testemunhas como "mais áspera do que estridente". Duas outras a descreveram como "rápida" e *"desigual"*. Nenhuma palavra, nenhum som que se parecesse com uma palavra, foi identificado por qualquer das testemunhas.

Um tanto perplexo, eu procurava acompanhar o desenvolvimento do raciocínio do meu amigo.

"– Não sei – continuou Dupin –, que impressão eu possa ter causado até agora em seu entendimento. Mas não hesito em dizer que deduções legítimas, mesmo partindo apenas dessa parte do testemunho – a parte referente às vozes grossa e estridente – são, por si mesmas, suficientes para levantar uma suspeita que bem podia nos orientar em direção a um progresso maior na investigação do mistério. Eu disse "deduções legítimas", mas não me expressei de modo pleno. Eu queria dizer que essas deduções são as *únicas* adequadas, e que a suspeita decorre delas *inevitavelmente*, como único resultado possível. Qual é essa suspeita, entretanto, não vou revelar ainda. Apenas quero que você tenha em mente que, para mim, ela foi suficiente para dar uma forma definida e uma tendência determinada às minhas investigações naquele aposento.

Vamos nos transportar agora, em imaginação, àquele recinto. O que devemos procurar primeiro? Os meios de fuga usados pelos assassinos. Não é preciso dizer que nenhum de nós acredita em eventos sobrenaturais. Madame e *Mademoiselle* L'Espanaye não foram chacinadas por espíritos. Os autores dos crimes eram seres materiais e escaparam de maneira material. Então, como foi? Felizmente só existe um modo de raciocinar sobre este ponto, e este modo *deve* levar-nos a uma decisão definitiva. Examinemos, um por um, os meios de fuga possíveis. É claro que os assassinos estavam no quarto onde foi encontrada *Mademoiselle* L'Espanaye, ou pelo menos no quarto adjacente, quando o grupo estava subindo as escadas. Portanto, é apenas nesses dois apartamentos que devemos procurar as pistas. A polícia esquadrinhou os pisos, o teto e a alvenaria das paredes em todas as direções. Nenhuma saída secreta poderia lhes ter escapado. Mas, não confiando nos olhos deles, examinei com os meus próprios. E *não* havia saídas secretas.

Ambas as portas que ligavam os quartos ao corredor estavam firmemente trancadas, com as chaves do lado de dentro. Vamos então examinar as chaminés. Estas, embora sejam de largura normal nos primeiros dois metros acima das lareiras, estreitam-se em seguida e não permitiriam, na sua porção superior, sequer a passagem de um gato grande.

Sendo absoluta a impossibilidade de fuga pelos meios já descritos, ficamos limitados às janelas. Ninguém poderia ter escapado através das janelas da sala dianteira sem ser notado pela multidão que estava na rua. Portanto, os assassinos, *necessariamente*, devem ter passado pela janela do quarto dos fundos. Ora, uma vez que chegamos a essa conclusão de maneira tão inequívoca, não cabe a nós, como bons analistas, rejeitá-la devido à sua aparente impossibilidade. Só nos resta provar que estas "impossibilidades" aparentes não são, de fato, impossibilidades.

Existem duas janelas no aposento. Uma delas não está obstruída por móveis e é perfeitamente visível. A parte inferior da outra está oculta pela pesada cabeceira da cama, muito encostada nela. A primeira estava fortemente aferrolhada por dentro. Resistiu aos maiores esforços dos que tentaram levantá-la. No caixilho do lado esquerdo, havia um grande furo feito com uma verruma, e foi encontrado ali um prego reforçado, enfiado até a altura da cabeça. Ao se examinar a outra janela, foi encontrado um prego semelhante, colocado da mesma maneira; uma tentativa vigorosa de erguer aquela vidraça resultou igualmente infrutífera. A polícia estava agora totalmente convencida de que a fuga não se dera por ali. E, *portanto*, seria mais do que supérfluo retirar os pregos e abrir as janelas.

Já o meu exame foi algo mais minucioso, pelas razões que acabo de expor – eu sabia que era preciso provar que todas as impossibilidades aparentes não eram, na realidade, impossíveis. Passei então a pensar assim – *a posteriori*. Os assassinos *só podem* ter escapado através de uma daquelas janelas. Mas, assim sendo, eles não poderiam ter aferrolhado as vidraças de novo por dentro, como elas foram encontradas – consideração esta que, dada a sua obviedade, pôs um ponto final às buscas da polícia nesse sentido. No entanto, as vidraças *estavam* aferrolhadas. Elas *tinham que ter*, portanto, o dom de se aferrolhar sozinhas. Não havia como fugir a essa conclusão. Aproximei-me da janela que estava desobstruída, retirei o prego com alguma dificuldade e tentei erguer a vidraça. Como eu previa, ela resistiu a todos os meus esforços. Eu sabia agora que deveria existir alguma mola oculta, e esta confirmação da minha ideia convenceu-me de que, pelo menos, minhas premissas estavam corretas, ainda que o detalhe relativo aos pregos continuasse sendo um mistério. Um exame cuidadoso logo trouxe à luz a mola escondida. Pressionei-a e, satisfeito com a descoberta, nem tentei abrir a janela.

Recoloquei então o prego no lugar e olhei para ele atentamente. Uma pessoa que tivesse passado por aquela janela poderia tê-la fechado de volta, e a mola teria travado – mas o prego não poderia ter sido recolocado. A conclusão era simples, e estreitava ainda mais o campo das minhas investigações. Os assassinos *tinham* que ter escapado pela outra janela. Supondo então que houvesse molas iguais em ambas as vidraças, o que era provável, *tinha* que haver uma diferença entre os pregos, ou pelo menos entre as maneiras de colocá-los. Subindo no estrado da cama, olhei atentamente por cima da cabeceira para a segunda janela. Passando a mão abaixo da cabeceira, logo descobri a mola, e a pressionei. Estava, como eu havia suspeitado, na mesma posição da janela vizinha. Olhei então para o prego. Era tão reforçado quanto o outro e, aparentemente, encaixado da mesma maneira – enfiado quase até a cabeça.

Você poderia dizer que fiquei atônito; mas, se pensa assim, não compreendeu bem a natureza das minhas deduções. Para usar uma expressão esportiva, não me senti nem uma vez "cometendo uma falta". Não perdi a pista nem por um instante. Não havia falha em nenhum dos elos da corrente. Eu havia acompanhado o mistério até a sua última conclusão – e essa conclusão apontava para o *prego*. Em todos os aspectos ele se parecia, como já disse, com seu equivalente na outra janela – mas esse fato foi absolutamente anulado, por mais conclusivo que pudesse parecer, quando foi confrontado com a consideração de que, a essa altura, a pista acabava.

Deve haver algo de errado, deduzi, com esse prego. Toquei-o; e a cabeça, juntamente com seis centímetros da haste, saiu na minha mão. O resto da haste permaneceu dentro do orifício, onde se havia partido. A fratura era antiga, pois suas bordas estavam enferrujadas – e, aparentemente, havia sido causada por uma martelada que afundou, parcialmente, a cabeça do prego na parte de cima do caixilho inferior da janela. Então, recoloquei cuidadosamente a cabeça do prego no lugar de onde a havia tirado, e notei que o prego dava a exata impressão de estar inteiro – o ponto onde havia se rompido era invisível. Pressionando a mola, ergui delicadamente a vidraça por uns poucos centímetros; a cabeça do prego subiu com ela, firmemente cravada no orifício. Fechei a janela, e havia novamente a aparência perfeita de um prego inteiro.

Até então, o enigma estava completamente desvendado. O assassino havia escapado através da janela que estava logo acima da cama. Ela fechou-se por si mesma após a passagem do criminoso (ou foi fechada por ele), e ficou presa pela mola. Foi a resistência oferecida pela mola que a polícia confundiu como devida ao prego – e maiores investigações foram consideradas desnecessárias.

Toquei-o; e a cabeça, juntamente com seis centímetros da haste, saiu na minha mão.

A pergunta seguinte era: de que maneira o assassino conseguira descer. Meu passeio em volta da casa satisfez-me quanto a esse ponto. Cerca de um metro e setenta a partir da janela em questão passa o cabo de ligação do para-raios ao solo. A partir desse cabo, seria impossível para alguém atingir a janela – quanto mais entrar por ela. Entretanto, observei que as venezianas do quarto andar eram daquelas chamadas pelos carpinteiros parisienses de *ferrades* – bem pouco usadas hoje em dia, mas frequentemente vistas nas velhas mansões de Lyon e Bordeaux. Elas têm o formato de um postigo comum (constituído de uma peça única, e não dupla), com exceção da parte inferior, que é trabalhada em treliças abertas, proporcionando assim um excelente apoio para as mãos. No caso em questão, as venezianas tinham mais de um metro de largura. Quando as vimos, pela parte de trás da casa, estavam ambas entreabertas, isto é, estavam em ângulo reto em relação à parede. É provável que os policiais, assim como eu o fiz, tenham examinado a parte traseira do edifício. Mas, se o fizeram, ao olhar para as *ferrades* não perceberam sua grande largura; ou, de qualquer modo, falharam em não atribuir a esse aspecto a sua devida importância. Com efeito, satisfazendo-se com a hipótese de que fuga alguma poderia ter ocorrido por aquele lado, a polícia, naturalmente, fez ali um exame muito superficial. Para mim, entretanto, estava claro que a veneziana pertencente à vidraça junto à cabeceira da cama, se aberta contra a parede, chegaria a cerca de sessenta centímetros do cabo do para-raios. Era também evidente que, com o emprego de energia e coragem extraordinárias, seria possível entrar pela janela escalando o cabo. Chegando a uma distância de setenta e cinco centímetros (supondo que a veneziana estivesse totalmente aberta), um ladrão poderia ter-se agarrado firmemente à treliça. Então, largando o cabo e firmando os pés contra a parede, poderia ter impulsionado a veneziana como se fosse fechá-la – e, se imaginarmos que a janela estivesse aberta, poderia ter-se jogado para dentro do quarto.

Gostaria que você se lembrasse, especialmente, de que eu falei de uma energia incomum como requisito para conseguir realizar uma coisa tão perigosa e difícil. Minha intenção é demonstrar a você que, em primeiro lugar, isso seria possível de se executar; mas, em segundo lugar, e *principalmente*, quero que você avalie o caráter extraordinário, quase sobrenatural, da agilidade que seria necessária para realizar este feito.

Você sem dúvida dirá, utilizando o jargão legal, que "para defender a minha causa", eu deveria subestimar o vigor exigido para a realização dessa proeza, ao invés de insistir no quanto ele deveria ser extraordinário. Isso talvez seja o usual no cotidiano forense, mas não é sinônimo de utilização do raciocínio. Meu objetivo final é apenas a verdade. Meu propósito imediato é levá-lo a justapor aquela energia *muito pouco usual* da qual falei àquela voz muito estridente (ou áspera) e *desigual*, sobre cuja nacionalidade ninguém entrou em acordo, e que proferia sons não identificáveis em uma única sílaba sequer."

Ouvindo essas palavras, começou a formar-se em minha cabeça uma vaga ideia do que Dupin queria dizer. Parecia-me estar à beira do entendimento, mas sem atingi-lo, como as pessoas que, às vezes, se sentem a ponto de se lembrar de alguma coisa, sem serem afinal capazes de fazê-lo. Meu amigo continuou sua explicação.

"– Você deve ter percebido – disse ele –, que eu inverti a questão, da maneira de fugir para a maneira de entrar. Pretendia transmitir a ideia de que ambas as ações foram feitas da mesma forma, pelo mesmo lugar. Vamos voltar agora ao interior do quarto e examinar todos os indícios. As gavetas da cômoda, dizem, foram saqueadas, embora muitas peças de vestuário lá permanecessem. Tal conclusão é absurda. É apenas um mero palpite, e um palpite tolo – nada mais. Como afirmar que furtaram alguma coisa, como poderíamos saber se as peças encontradas nas gavetas não eram tudo o que as gavetas habitualmente continham? Madame L'Espanaye e sua filha levavam uma vida muito reclusa, não viam ninguém, raramente saíam, e assim não precisavam mudar seus trajes com frequência. Ao menos, as roupas encontradas eram de qualidade tão boa quanto seria de se esperar, condizentes com aquelas senhoras. Se um ladrão tivesse levado uma parte delas, por que não as melhores? Por que não todas? Numa palavra, por que ele teria deixado para trás quatro mil francos em ouro, para sair carregando uma trouxa de peças íntimas? O ouro *foi* abandonado. A quantia mencionada pelo banqueiro, *Monsieur* Mignaud, foi encontrada quase intacta, em sacolas espalhadas pelo chão. Portanto, gostaria que você descartasse de seus pensamentos a ideia disparatada de um *motivo*, engendrada no cérebro dos policiais devido àquele pormenor referente ao dinheiro que foi entregue na porta da casa. Coincidências dez vezes mais notáveis que essa (entrega de dinheiro e assassinato cometido três dias depois) acontecem a todos nós, a cada momento de nossas vidas, sem despertar a mínima atenção. Coincidências, em geral, são grandes obstáculos no caminho daquela classe de pensadores que foram educados para ignorar a teoria das probabilidades – aquela teoria à qual se devem as mais gratificantes conquistas da pesquisa humana, em suas metas mais gloriosas. No caso presente, se o ouro tivesse desaparecido, o fato de ter sido entregue três dias antes seria mais que uma coincidência: teria corroborado essa ideia de motivo. Mas, nas circunstâncias reais do caso, se formos considerar o ouro como o motivo desse crime, deveremos também considerar o criminoso como um idiota delirante, a ponto de ter abandonado o seu ouro e todos os seus motivos.

Tendo agora em mente os pontos para os quais chamei sua atenção – aquela voz peculiar, a agilidade fora do comum e a espantosa ausência de motivos num assassinato tão especialmente atroz como esse –, vamos olhar para a própria carnificina. Eis aqui uma mulher estrangulada até morrer por pressão manual e enfiada de cabeça para baixo numa chaminé. Os assassinos comuns não empregam tais métodos. E, menos ainda, se livram do corpo dessa forma. Na maneira de se enfiar o corpo na chaminé, você há de admitir, houve algo de *excessivamente exagerado*, algo de irreconciliável com nossas noções consensuais de atos humanos, mesmo se admitirmos que aqueles que o fizeram são os mais depravados entre os homens. Pense também em quão grande não deve ter sido a força necessária para enfiar aquele corpo chaminé *acima*, por uma abertura tão estreita, que a força conjunta de várias pessoas mal foi suficiente para arrastá-lo de volta *para baixo*! Examinemos agora outros indícios do uso de um vigor tão extraordinário. Na lareira havia grossas mechas, muito grossas, de cabelo humano grisalho. Haviam sido arrancadas pelas raízes. Você bem sabe a força descomunal que é necessária para se arrancar dessa forma não mais do que vinte ou trinta fios de cabelo de um só golpe. Você viu tão bem quanto eu as mechas de cabelo em questão. As raízes – visão terrível! – estavam presas a fragmentos de couro cabeludo cobertos de sangue coagulado, um sinal claro da força prodigiosa requerida para arrancar talvez meio milhão de fios de cabelo de uma só vez. A garganta da velha senhora não estava apenas cortada – a cabeça tinha sido absolutamente separada do corpo, e o instrumento tinha sido uma simples navalha. Gostaria também que você avaliasse a ferocidade *brutal* do feito. Não estou falando das equimoses no corpo de Madame L'Espanaye. *Monsieur* Dumas e seu valoroso colaborador *Monsieur* Etienne declararam que elas foram produzidas por algum instrumento rombudo, e até aí esses cavalheiros estavam certos. O instrumento rombudo era, claramente, o paralelepípedo do pátio sobre o qual a vítima se estatelou ao precipitar-se da janela acima da cama. Esse detalhe, por simples que possa parecer agora, escapou aos policiais pela mesma razão que os impediu de perceber a largura das venezianas – devido à presença dos pregos, sua capacidade de percepção foi totalmente obstruída, e eles não consideraram de todo a possibilidade de que as janelas, afinal, estivessem abertas.

Se agora, além de todas essas coisas, você refletiu bem sobre a estranha desordem que reinava no quarto, chegamos ao ponto de conciliar as noções de uma agilidade surpreendente, uma força sobre-humana e uma ferocidade brutal – uma carnificina sem motivos, de uma selvageria grotesca e absolutamente estranha ao comportamento humano – com uma voz de entonação estranha aos ouvidos dos nativos de diversas nações, sem qualquer articulação distinta ou compreensível. O que se deduz então? Que impressão causei sobre a sua imaginação?"

Minha pele se arrepiou quando Dupin me fez tal pergunta.

– Um louco – disse eu – foi quem fez isso. Algum maníaco desvairado que escapou de um hospício das vizinhanças.

– De certa forma – retrucou ele –, sua ideia não é descabida. Mas as vozes dos loucos, mesmo em seus paroxismos mais violentos, nunca soam como aquela voz peculiar que foi ouvida no andar de cima. Os loucos pertencem a alguma nação à parte, deles mesmos, e sua linguagem, embora incoerente nas palavras, tem sempre uma coerência na articulação. Além disso, o cabelo de um louco não é parecido com este que agora tenho em minhas mãos. Arranquei este pequeno tufo de cabelos dos dedos enrijecidos de Madame L'Espanaye. Diga-me o que você pode concluir daí.

– Dupin! – exclamei, completamente perturbado. – Este cabelo é muito estranho, não é cabelo humano!

– Eu não disse que era – respondeu ele. – Mas, uma vez que já chegamos a um acordo quanto a isso, gostaria que você examinasse este pequeno rascunho que fiz aqui, neste papel. É um fac-símile do que foi descrito, numa parte dos depoimentos, como "equimoses escuras e marcas profundas de unhas" na garganta de *Mademoiselle* L'Espanaye, e em outra parte, em que se reproduziram as palavras de *Monsieur* Dumas e de *Monsieur* Etienne, como uma série de "manchas lívidas obviamente causadas pela pressão de dedos".

Eu ainda não havia conseguido perceber para onde tais deduções apontavam.

– Você vai notar – continuou meu amigo, abrindo o jornal – que este esboço transmite a ideia de uma mão firme e poderosa. Cada um dos dedos foi mantido – talvez até o instante da morte da vítima – no exato ponto em que se colocou para a execução da sinistra tarefa. Tente agora colocar todos os seus dedos, ao mesmo tempo, sobre as respectivas impressões, tal como elas aparecem no esboço.

Fiz a tentativa, em vão.

– Provavelmente não estamos seguindo um procedimento adequado – disse ele. – O papel está estendido sobre uma superfície plana, mas a garganta humana é cilíndrica. Eis aqui uma acha de lenha, cuja circunferência é mais ou menos a mesma de uma garganta humana. Enrole o esboço à sua volta e tente de novo.

Assim fiz; mas a dificuldade era ainda mais óbvia do que na tentativa anterior.

– Isto – disse eu – não é marca efetuada por mão humana.

– Leia agora – disse Dupin – essa passagem de Cuvier.

E estendeu-me um minucioso relato anatômico e descritivo do grande orangotango ruivo originário das ilhas das Índias Orientais. A estatura gigantesca, a prodigiosa força e energia, a ferocidade selvagem e as tendências imitativas daqueles mamíferos eram muito bem conhecidas de todos. Imediatamente compreendi todo o horror daqueles assassinatos.

– A descrição dos dedos – disse eu ao terminar de ler – está totalmente de acordo com este desenho. Percebo agora que nenhum animal, a não ser um orangotango do tipo mencionado, poderia ter deixado as marcas que você esboçou. Também este tufo de cabelos castanhos tem as mesmas características da fera descrita por Cuvier. Mas não posso, de maneira alguma, entender alguns detalhes desse terrível mistério. Além disso, ouviram-se *duas* vozes a discutir, e uma delas pertencia, sem dúvida, a um francês.

– É verdade. E você deve se lembrar de uma expressão que foi atribuída a essa voz, quase que unanimemente, por todas as testemunhas: *"mon Dieu!"*. Naquelas circunstâncias, ela foi acertadamente classificada por uma das testemunhas (Montani, o confeiteiro) como uma expressão de protesto ou queixa. Sobre essas duas palavras, portanto, construí minhas esperanças de encontrar a solução completa para o enigma. Um francês tinha pleno conhecimento do assassinato. É possível – embora muito pouco provável – que ele estivesse inocente de qualquer participação no sangrento episódio. O orangotango poderia estar sob seus cuidados, e ter escapado. Talvez ele tenha seguido o animal fugitivo até o quarto, mas, devido às circunstâncias perturbadoras que se seguiram, não conseguiu recapturá-lo, e ele continua solto. Não vou continuar com essas conjeturas – pois não tenho o direito de chamá-las de outra coisa –, já que as vagas reflexões em que se baseiam mal apresentam profundidade suficiente para serem consideradas por minha própria inteligência, e, assim, eu não poderia pretender torná-las inteligíveis para outra pessoa. Vamos então chamá-las de conjeturas, e falar delas como tais. Se o francês em questão é de fato, como suponho, inocente dessa atrocidade, o anúncio que deixei antes de voltar para casa na redação do *Le Monde*, um jornal que se dedica às questões navais e é muito lido por marinheiros, o trará até nós.

Ele me estendeu uma folha de jornal, na qual li o seguinte:

CAPTURADO

"No Bois de Boulogne, nas primeiras horas da manhã do dia... (a manhã dos assassinatos), um grande orangotango castanho, da raça de Bornéu. O proprietário (que, conforme verificado, é marinheiro de um navio maltês) poderá recuperá-lo após identificá-lo satisfatoriamente e após pagar algumas pequenas despesas decorrentes de sua captura e manutenção. Comparecer ao n.°... da Rua..., Faubourg St. Germain, terceiro andar".

– Como lhe foi possível – perguntei – saber que o homem é marinheiro e que integra a tripulação de um navio maltês? – Eu *não sei* – disse Dupin. – Não tenho *certeza* disso. Entretanto, aqui está um pedacinho de fita que, a julgar por sua forma e por sua aparência ensebada, deve ter sido usada para amarrar o cabelo num desses longos rabos-de-cavalo tão apreciados pelos marinheiros. Mais ainda, esse nó é daqueles que poucos, além dos marinheiros, sabem dar, e é característico dos malteses. Encontrei este pedaço de fita no chão, junto ao cabo do para-raios. Não poderia pertencer a nenhuma das falecidas. Agora, se apesar de tudo eu estiver errado em minhas deduções a partir desta fita, e o francês não for marinheiro pertencente à tripulação de um navio maltês, mesmo assim não poderei ter feito mal algum ao dizer o que disse no anúncio. Se eu estiver errado, ele apenas irá supor que me enganei devido a alguma circunstância que ele nem se dará ao trabalho de verificar. Mas, se eu estiver certo, demos um grande passo. Sabendo do crime, embora inocente, o francês naturalmente hesitará em responder ao anúncio para exigir de volta o orangotango. Ele pensará assim: "Sou inocente; sou pobre; meu orangotango é muito valioso, representa uma grande fortuna para alguém nas minhas condições. Por que eu deveria perdê-lo por causa de vagas apreensões? Ele está aqui, ao meu alcance. Foi encontrado no Bois de Boulogne, a uma grande distância da cena daquela carnificina. Como alguém poderia jamais suspeitar que uma besta selvagem fez aquilo? A polícia está perdida; não conseguiu encontrar a mínima pista. Mesmo que eles tenham sido bem-sucedidos em localizar o animal, seria impossível provar que eu tinha ciência dos assassinatos, ou implicar-me devido a esse hipotético conhecimento. Acima de tudo, *sabem quem eu sou*. Quem publicou o anúncio afirma que sou dono do animal. Não tenho certeza do quanto ele está inteirado dos fatos. Se eu deixasse de reclamar uma propriedade de tão alto valor, que sabidamente me pertence, no mínimo faria com que as suspeitas recaíssem sobre o animal. Não pretendo chamar atenção nem para mim nem para o bicho. Vou responder ao anúncio, recuperar o orangotango e mantê-lo preso até que o assunto seja esquecido".

Nesse momento, ouvimos passos escada acima.

– Prepare-se – disse Dupin. – Deixe as pistolas à mão, mas não as use nem deixe que elas apareçam até que eu faça um sinal.

Como a porta da frente da casa tinha ficado aberta, o visitante entrou sem tocar a campainha, e chegou a subir diversos degraus da escada. De repente, entretanto, ele pareceu hesitar. Em seguida, percebemos que ele descia. Dupin estava se dirigindo rapidamente para a porta, quando ouvimos os passos de volta, escada acima. Ele não desceu outra vez; ao contrário, subiu resoluto e bateu na porta da sala onde nos encontrávamos.

– Entre – disse Dupin, em tom alegre e cordial.

O homem que entrou era, nitidamente, um marinheiro: um tipo alto, forte e musculoso, de uma expressão atrevida que não o tornava de todo desagradável. Seu rosto, muito queimado de sol, era parcialmente oculto pelas suíças e pelo bigode. Trazia nas mãos um pesado porrete de madeira, mas, afora isso, parecia desarmado. Curvou-se desajeitadamente e nos disse "boa tarde" com um sotaque semelhante ao dos suíços de Neufchâtel, mas que, ainda assim, não traía sua origem parisiense.

– Sente-se, amigo – disse Dupin. – Suponho que você veio falar do orangotango. Palavra de honra, quase tenho inveja de você por possuir esse animal; um belo animal, e sem dúvida de grande valor. Qual, em sua opinião, é a idade dele?

O marinheiro respirou fundo, como quem se sente aliviado de um fardo insustentável, e retrucou, em tom seguro:

– Não sei dizer, mas ele não pode ter mais de quatro ou cinco anos de idade. Ele está aqui?

– Oh, não; não temos condições de mantê-lo aqui. Está num estábulo aqui perto, na Rua Dubourg. Poderá apanhá-lo de manhã. Você, naturalmente, tem condições de provar que o animal é de sua propriedade.

– É claro que posso, senhor.

– Vou ficar com pena de me separar dele – disse Dupin.

– Não espero que o senhor tenha tido todo esse trabalho por nada – disse o homem. – Nem poderia pensar nisso. Quero recompensá-lo por ter encontrado o animal pagando-lhe uma quantia razoável, é claro.

– Bem – retrucou meu amigo –, isso me parece muito justo. Deixe-me pensar. O que eu deveria pedir? Ah! Já sei. Minha recompensa deverá ser a seguinte: você deverá me dar todas as informações que tem sobre aqueles assassinatos da Rua Morgue.

Dupin pronunciou essas últimas palavras em tom suave, absolutamente tranquilo. Da mesma maneira plácida, ele foi até a porta, trancou-a e colocou a chave no bolso. Então, pegou a pistola e, calmamente, colocou-a sobre a mesa.

O rosto do marinheiro enrubesceu, como se ele estivesse sufocando. Ficou em pé de um salto e agarrou o porrete; mas, no instante seguinte, deixou-se cair de volta na poltrona, tremendo violentamente, lívido como a própria morte. Não pronunciou uma palavra. Tive pena dele, do fundo do coração.

– Meu amigo – disse Dupin em tom bondoso –, você está ficando desnecessariamente alarmado. Está mesmo. Não queremos lhe fazer mal algum. Dou-lhe minha palavra de cavalheiro, e de francês, de que não temos a intenção de prejudicá-lo. Sei muito bem que você é inocente das atrocidades que foram cometidas na Rua Morgue. Não posso, entretanto, negar que você está, de alguma forma, implicado nelas. Pelo que eu já disse, você pode constatar que tenho fontes de informações sobre esse caso, meios com os quais você jamais poderia sonhar. Agora, as coisas estão nesse pé: você não fez nada que poderia ter sido evitado, certamente nada que possa inculpá-lo. Você não é sequer culpado de furto, quando poderia ter furtado impunemente. Você não tem nada a esconder. Por outro lado, é sua obrigação, segundo todos os princípios da honra, confessar tudo o que sabe. Um homem inocente está preso agora, acusado de ter cometido um crime cuja verdadeira autoria só você pode indicar.

Enquanto Dupin pronunciava essas palavras, o marinheiro recuperou, em grande parte, sua presença de espírito, mas toda a sua valentia havia se esvanecido.

– Que Deus me ajude! – exclamou ele após uma pequena pausa. – Vou lhe contar tudo o que sei sobre o assunto. Mas não espero que acredite nem em metade do que vou dizer; seria um tolo se pretendesse isso. Mas, apesar de tudo, *sou* inocente, e vou desabafar, mesmo que tenha de morrer por isso.

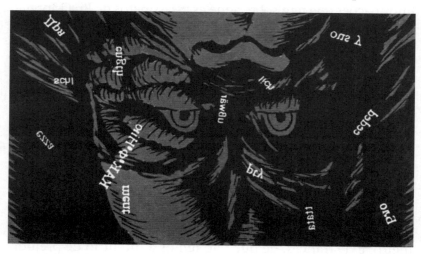

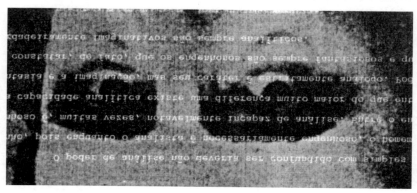

O que ele contou foi, em essência, o que segue. Ele tinha feito, recentemente, uma viagem ao Arquipélago Índico. Um grupo, do qual fazia parte, desembarcou em Bornéu e seguiu para o interior da ilha numa excursão turística. Ele e um companheiro capturaram um orangotango.

Como aquele companheiro morrera, o orangotango passou a ser de sua propriedade exclusiva. Depois de muitos problemas, causados pela ferocidade indomável do animal durante a viagem de volta, ele afinal conseguiu alojá-lo com segurança em sua própria casa em Paris. Para não atrair a curiosidade inoportuna dos vizinhos, manteve-o cuidadosamente trancado até que ele sarasse de uma ferida no pé, causada por uma farpa, quando estava a bordo do navio. Uma vez estivesse curado, pretendia vendê-lo.

Ao voltar para casa, depois de uma farra de marinheiros, na noite – ou melhor, na madrugada – do crime, encontrou o bicho em seu próprio quarto. O animal havia penetrado nele, depois de escapar do quarto contíguo, no qual estaria, segundo pensava o marinheiro, seguramente trancado. De navalha na mão e completamente ensaboado, estava sentado diante de um espelho, tentando barbear-se – coisa que, sem dúvida, tinha visto seu dono fazer, olhando através do buraco da fechadura. Aterrorizado ao ver uma arma tão perigosa nas mãos de um ser tão feroz e tão capaz de usá-la, o homem, por alguns momentos, ficou sem saber o que fazer. No entanto, estava acostumado a acalmar a criatura, mesmo em seus momentos de maior ferocidade, usando um chicote – ao qual ele recorreu. Ao ver o látego, o orangotango saltou até a porta do quarto, desceu as escadas e, através de uma janela que infelizmente estava aberta, saiu para a rua.

O marinheiro o seguiu, desesperado. O macaco, ainda com a navalha na mão, parava de vez em quando, olhava para trás e gesticulava para o seu perseguidor, quase permitindo que este o alcançasse. E então voltava a correr. Dessa forma, a caçada se estendeu por longo tempo. As ruas estavam bastante silenciosas, pois já eram quase três horas da madrugada. Ao passar por um beco atrás da Rua Morgue, a atenção do fugitivo foi atraída por uma luz que brilhava na janela aberta do quarto de Madame L'Espanaye, no quarto andar da casa. Correndo em direção ao prédio, ele descobriu o cabo do para-raios, escalou-o com uma agilidade inconcebível, agarrou a veneziana que estava totalmente aberta e encostada à parede e, por meio dela, lançou-se diretamente sobre a cabeceira da cama. Tudo isso não demorou mais que um minuto. Ao saltar para o interior do aposento, o orangotango chutou a veneziana, que assim foi novamente aberta.

Ao presenciar esses fatos, o marinheiro sentiu-se ao mesmo tempo aliviado e perplexo. Tinha grandes esperanças de recuperar sua fera, que dificilmente poderia escapar da armadilha que ela mesma se tinha armado, a não ser pelo cabo do para-raios. Mas, se tentasse descer por ele, poderia ser capturado ao chegar ao solo. Por outro lado, havia muitas razões para estar apreensivo quanto ao que ela poderia fazer dentro da casa. Esse último pensamento fez com que ele decidisse ir outra vez ao encalço do fugitivo. Um cabo de para-raios pode ser escalado sem dificuldade por um marinheiro, e foi o que ele fez. Mas, quando chegou à altura da janela, percebeu que não poderia vencer a distância que o separava dela. O máximo que conseguiria era relancear um olhar para o interior do quarto. Ao fazê-lo, quase despencou ante o horror com que se defrontou. Foi então que se fizeram ouvir dentro da noite aqueles gritos terríveis, que despertaram os moradores da Rua Morgue do seu sono. Madame L'Espanaye e sua filha, já vestidas para dormir, estavam, ao que parecia, entretidas em organizar alguns documentos que guardavam no cofre de ferro, o qual tinha sido arrastado sobre seus rodízios até o meio do quarto. Fora aberto e seu conteúdo jazia ao lado, no chão. As vítimas deviam estar sentadas de costas para a janela. E, pelo tempo decorrido entre a entrada da besta e os gritos, é provável que ela não tenha sido imediatamente notada. O bater da veneziana deve ter sido atribuído ao vento.

Quando o marinheiro olhou para dentro do quarto, o gigantesco animal já havia agarrado Madame L'Espanaye pelos cabelos (que ela trazia soltos, como se tivesse acabado de se pentear) e brandia a navalha diante de seu rosto, imitando os movimentos de um barbeiro. A filha estava prostrada e imóvel, desmaiada. Os gritos e o debater-se da velha senhora (enquanto o cabelo lhe era arrancado da cabeça) só fizeram transformar em ira as intenções provavelmente inofensivas do orangotango. Com um movimento decidido de seu braço musculoso, ele praticamente decepou-lhe a cabeça. A vista do sangue inflamou sua raiva ao ponto do frenesi. Rangendo os dentes e com os olhos flamejando, caiu sobre o corpo da moça e fincou as garras terríveis em sua garganta, prendendo-lhe a respiração até que ela expirasse. Os olhares desvairados e selvagens da fera caíram, nesse momento, sobre a cabeceira da cama, acima da qual apenas se vislumbrava o rosto de seu dono, petrificado de terror. A fúria da besta, que sem dúvida ainda pensava no temido chicote, converteu-se instantaneamente em medo. Certa de merecer um castigo, parecia querer esconder seus feitos sangrentos, e pulava pelo quarto em agoniada agitação, derrubando e quebrando os móveis e arrastando os colchões. Por fim, pegou primeiro o corpo da filha e enfiou-o chaminé acima, deixando-o como foi encontrado; depois, pegou o corpo da velha e atirou-o de cabeça pela janela.

Quando o símio se aproximou da janela com seu fardo mutilado, o marinheiro encolheu-se contra a parede e, mais escorregando do que descendo pelo cabo do para-raios, correu logo para casa, temendo as consequências da carnificina e abandonando, aliviado em seu terror, qualquer preocupação quanto ao destino do orangotango. As palavras ouvidas pelo grupo que subia as escadas foram suas exclamações de horror e espanto, mescladas aos sons diabólicos emitidos pela fera.

Pouca coisa tenho a acrescentar. O orangotango deve ter escapado pelo cabo, pouco antes do arrombamento da porta. Provavelmente, fechou a janela de volta, ao passar por ela.

Foi, depois, capturado por seu próprio dono, que obteve por ele uma grande soma, no *Jardin des Plantes*. Le Bon foi imediatamente libertado depois que relatamos as circunstâncias (com alguns comentários de Dupin) no escritório do delegado. Este funcionário, embora bem-disposto para com meu amigo, não conseguiu esconder seu desgosto pelo rumo que as coisas haviam tomado, e permitiu-se o luxo de um par de sarcasmos sobre a conveniência de as pessoas cuidarem de seus próprios negócios.

– Ele que fale – disse Dupin, achando que aquilo não merecia resposta. – Ele que faça discursos; vai aliviar sua consciência. Estou satisfeito por derrotá-lo em seu próprio terreno. Entretanto, o fato de ele não ter conseguido encontrar uma solução para esse mistério não é tão estranho como ele pensa, pois, na realidade, nosso amigo delegado é astuto demais para ser profundo. Não há uma espinha dorsal em sua sabedoria. Ele é todo cabeça, sem corpo, como as gravuras da deusa Laverna – ou pelo menos todo cabeça e ombros, como um bacalhau. Mas, afinal, é um bom sujeito. Gosto dele, especialmente por sua mestria no linguajar, através da qual conquistou sua reputação de "arguto". Quero dizer, é o jeito que ele tem *"de nier ce qui est, et d'expliquer ce qui n'est pas"*.(*)

(*) "de negar aquilo que é e de explicar aquilo que não é" (Rousseau, Nouvelle Héloise).

O escaravelho de ouro

Há muitos anos, fiz amizade com um certo Sr. William Legrand. Ele era descendente de uma família tradicional e já tinha sido rico, mas, por causa de uma série de infortúnios, ficou na miséria. Para evitar as humilhações que sempre vêm depois dos desastres, ele abandonou Nova Orleans, a cidade dos seus antepassados, e estabeleceu-se na Ilha de Sullivan.

Esta era uma ilha muito curiosa. Consistia em pouco mais que areia, e tinha uns cinco quilômetros de comprimento. Em qualquer ponto, não tinha mais que quatrocentos metros de largura – e era separada do continente por um córrego quase imperceptível que serpenteava por entre juncos e lodo. A vegetação era rala e rasteira. Não havia árvores, apenas alguns espinheiros por entre as esparsas cabanas de madeira, alugadas durante o verão por fugitivos das febres e das poeiras da cidade vizinha de Charleston. Mas a ilha inteira, com exceção de sua ponta ocidental e de uma praia dura e branca, estava coberta de mirtos, que impregnavam toda a região com seu cheiro agradável. Ali os arbustos cresciam a ponto de alcançar uma altura de cinco a seis metros, formando um matagal perfumado, quase impenetrável.

Nos mais profundos recessos desse matagal, não longe do extremo oriental e mais remoto da ilha, Legrand construiu uma pequena cabana que ele ocupava quando eu, por mero acaso, o conheci – e logo nos tornamos amigos, pois havia, naquele homem recluso, muitas coisas para estimular o interesse e a estima. Achei-o culto e instruído, mas avesso aos relacionamentos sociais e sujeito a crises alternadas de entusiasmo e melancolia.

Tinha muitos livros em casa, mas raramente os lia. Suas diversões eram caçar e pescar, e andar pela praia, por entre os mirtos, procurando moluscos e espécimes entomológicos – sua coleção de insetos poderia causar inveja a qualquer cientista. Nessas excursões, ele era geralmente acompanhado por um preto velho chamado Júpiter, alforriado antes dos reveses que se abateram sobre a família, mas que de modo algum se deixava convencer, nem por ameaças, nem por promessas, a abandonar o que ele considerava como o seu direito de acompanhar os passos de seu jovem *Sinhô Will*. É possível que os parentes de Legrand, que o consideravam meio desequilibrado, tivessem estimulado em Júpiter esta obstinação, de modo que ele exercesse uma vigilância constante sobre o andarilho.

Na Ilha de Sullivan, raramente ocorrem invernos rigorosos, e, no outono, é realmente muito extraordinária uma ocasião em que seja necessário acender um fogo na lareira. Entretanto, por volta do meio de outubro de 18..., fez um dia excepcionalmente frio. Logo antes do pôr-do-sol, abri caminho por entre os pinheiros até a cabana do meu amigo, que eu não visitava há várias semanas, pois naquela época eu estava morando em Charleston, que fica a mais de catorze quilômetros da ilha, e as facilidades de transporte eram então muito menores do que hoje em dia. Cheguei à cabana e bati na porta, como de costume. Como ninguém respondesse, peguei a chave no lugar onde sabia que ela estava escondida, abri a porta e entrei. Um belo fogo ardia na lareira, o que era uma agradável surpresa. Tirei o sobretudo, sentei-me numa poltrona junto à lenha crepitante e aguardei pacientemente a chegada dos meus anfitriões.

Logo depois de escurecer eles chegaram e me recepcionaram com a máxima cordialidade. Júpiter, com um sorriso de orelha a orelha, apressou-se a preparar umas galinhas-d'água para o jantar. Legrand estava em uma de suas crises de entusiasmo: havia encontrado um molusco desconhecido que pertencia a uma espécie ainda não estudada e, mais do que isso, havia encontrado e capturado, com a ajuda de Júpiter, um escaravelho que ele acreditava ser absolutamente raro, mas a respeito do qual gostaria de saber minha opinião pela manhã.

– E por que não hoje mesmo? – perguntei enquanto esfregava as mãos junto ao fogo, desejando, no fundo, que todos os tipos de escaravelho fossem para o diabo.

– Ah, mas como eu iria saber que você estava aqui? – replicou Legrand. – Há tanto tempo não o vejo! Como poderia adivinhar que me faria uma visita justamente esta noite? Quando eu vinha vindo para casa, encontrei-me com o Tenente G... do forte, e tolamente emprestei-lhe o besouro. Assim, você só poderá examiná-lo amanhã de manhã. Durma aqui esta noite e, logo ao alvorecer, mandarei Júpiter acordá-lo. É a coisa mais linda de toda a Criação!

– O que é lindo, o alvorecer?

– Ora, que bobagem! Não! O besouro! Ele é de uma cor de ouro brilhante, mais ou menos do tamanho de uma grande noz, com duas manchas muito pretas, a primeira em uma ponta das costas e a outra, um pouco maior e oblonga, na outra ponta. E tem antenas...

– Não tem *as penas* não, Sinhô Will, eu já disse – interrompeu Júpiter –, esse bicho é um bicho de ouro mesmo, ouro puro, todo ele inteirinho, por dentro e por fora, menos as asas. Nunca vi um bizorro tão pesado na minha vida.

– Bem, que seja, Jup – retrucou Legrand um pouco mais severo, ao que me pareceu, do que seria necessário. – E isso é razão para você deixar queimar as galinhas-d'água? – E voltou-se para mim. – Pela cor do inseto seria quase possível acreditar que Júpiter tem razão. Garanto que você nunca viu um brilho metálico mais reluzente do que aquele emitido pelos seus élitros. Mas isso você só poderá julgar amanhã. Até lá, vou lhe dar uma ideia da sua forma.

E, dizendo isso, sentou-se a uma mesinha onde havia pena e tinta, mas onde não havia papel. Procurou numa gaveta, e não o achou.

– Não faz mal – disse, tirando do bolso do colete um pedaço de papel muito sujo e desenhando nele um esboço simples. Enquanto isso, permaneci sentado na minha cadeira junto ao fogo, pois ainda estava com muito frio. Ao terminar, ele me estendeu seu trabalho, sem se levantar. Assim que o peguei, ouviu-se um rosnado alto, seguido de um arranhar na porta. Júpiter abriu-a e Lobo, um cão terra-nova que pertencia a Legrand, irrompeu sala adentro, pulou sobre os meus ombros e me cobriu de carícias, pois era meu velho conhecido de outras visitas. Depois que o cão terminou suas efusões olhei para o papel e, para dizer a verdade, fiquei bastante intrigado com o desenho do meu amigo.

– Muito bem – falei após examinar o esboço por alguns minutos –, confesso que este é um estranho escaravelho, completamente desconhecido para mim; nunca vi nada parecido antes. A não ser um crânio, ou uma caveira, com o que ele se parece mais do que com qualquer outra coisa que eu jamais tenha visto.

– Uma caveira! – exclamou Legrand. – Oh, sim... Sem dúvida. Desenhado assim, no papel, realmente parece um pouco. As duas manchas pretas de cima lembram os olhos, não é? E aquela mancha preta maior, embaixo, parece uma boca... E o formato é oval...

– Talvez – disse eu. – Mas, Legrand, você não é um grande desenhista. Preciso esperar e ver o besouro na minha frente para ter uma ideia mais precisa de sua aparência.

– Bem, não sei... – disse ele, um pouco espicaçado. – Desenho razoavelmente bem, ou pelo menos deveria: tive bons mestres e me orgulho de não ser propriamente um burro.

– Mas, meu caro, então você está brincando – disse eu –, isto é um desenho perfeitamente aceitável de um crânio. De fato, eu deveria acrescentar que se trata de um excelente desenho de crânio, de acordo com as noções vulgares de anatomia. E o seu escaravelho deve ser um dos mais estranhos do mundo, se ele é de fato parecido com esta figura. Imagino que você vai denominá-lo "escaravelho-cabeça-de-homem" – *scaraboens caput hominus*, em latim –, ou qualquer coisa no gênero. Existem muitos nomes assim nos livros de História Natural. Mas onde estão as antenas de que você falou?

– As antenas! – repetiu Legrand, que estava ficando cada vez mais excitado com o assunto. – Estou certo de que você viu as antenas. Eu as desenhei, tão nítidas quanto se pode percebê-las no inseto original, o que eu considero suficiente.

– Bem, bem... – ponderei. – Talvez você as tenha desenhado. Mas, ainda assim, eu não as vejo.

E devolvi-lhe o esboço sem mais comentários, pois não queria irritá-lo. Mas fiquei muito surpreso com o rumo que as coisas estavam tomando. Seu mau humor me surpreendia principalmente porque, com certeza, não se via antena alguma no besouro desenhado, cuja forma era realmente muito parecida com a de uma caveira.

Ele pegou o papel de volta, irritado, e estava a ponto de amarrotá-lo e atirá-lo no fogo quando, ao dar uma olhada de relance no desenho, pareceu subitamente mudar de ideia. Por um instante seu rosto se ruborizou, e, no momento seguinte, ficou muito pálido. Durante alguns minutos ali sentado, continuou a examinar o desenho meticulosamente. Depois se levantou, pegou uma vela na mesa e foi sentar-se sobre uma arca em um canto da sala. Lá, examinou outra vez, com certa inquietação, o pedaço de papel, virando-o de um lado para outro, sem dizer palavra. Seu comportamento me deixava cada vez mais espantado. Entretanto, achei prudente não irritá-lo e me abstive de qualquer observação.

Logo depois, ele tirou uma carteira do bolso do casaco, colocou o papel cuidadosamente dentro dela e guardou tudo numa escrivaninha, que trancou. Então se recompôs, mas seu entusiasmo inicial se dissipara; ele já não parecia aborrecido, mas distraído. No decorrer das horas foi ficando cada vez mais absorvido em seus devaneios, dos quais não pude tirá-lo por mais que me esforçasse. Minha intenção era passar a noite na cabana, como já tinha feito muitas outras vezes, mas, ao vê-lo daquele jeito, achei melhor ir embora. Ele não insistiu para que eu ficasse, mas, quando saí, apertou minha mão de uma maneira que transmitia algo mais que a cordialidade habitual.

Durante algum tempo não tive mais notícias de Legrand. Mas, um mês depois, recebi a visita de Júpiter, em Charleston.

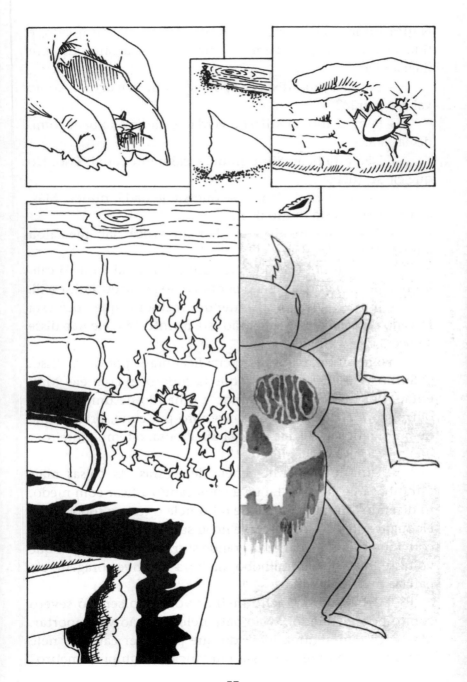

Nunca tinha visto o bom e velho negro tão acabrunhado, e fiquei receoso de que algum desastre houvesse acontecido com meu amigo.

– E então, Jup – disse eu –, o que aconteceu agora? Como vai seu patrão?

– Bem, sinhô, pra dizer a verdade, ele não tá bem como devia estar.

– Não está bem! Sinto muito, realmente, ouvir isso. Do que ele se queixa?

– Aí é que está! Ele não se queixa de nada, nunca. Mas, assim mesmo, está muito doente.

– *Muito* doente, Júpiter? Por que você não me falou antes? Ele está acamado?

– Não, sinhô! Camado ele num tá! Justo aí é que o calo aperta. Meu coração tá pesado por causa do pobre do Sinhô Will.

– Júpiter, gostaria de entender melhor o que você está falando. Você diz que seu patrão está doente. Mas ele não disse a você o que o aflige?

– Ora, sinhô, não vale a pena ficar bravo por causa disso. O Sinhô Will vive repetindo que tá tudo bem com ele. Mas, então, por que ele fica andando e olhando de um lado pro outro, com a cabeça baixa e o ombro pra cima, branco que nem um fantasma? E ele carrega uma lousa, o tempo inteiro...

– Carrega o quê, Júpiter?

– Uma lousa, sinhô, cheia de figuras. As coisas mais estranhas que eu já vi. Eu tava começando a ficar com medo, tô dizendo. Tinha que ficar de olho nele o tempo todo. Hoje, ele fugiu antes do sol nascer, e ficou sumido o dia inteiro. Até cortei uma vara pra dar uma grande surra nele na hora em que voltasse, mas eu sou um bobo, na hora não tive coragem, ele parecia mal, tão mal...

– Olhe, Júpiter, acho melhor você não ser tão severo com o pobre coitado... Não bata nele, ele não vai suportar. Mas você tem alguma ideia do que possa ter causado nele essa doença, ou melhor, essa mudança de comportamento?

Aconteceu alguma coisa desagradável desde a última vez em que nos vimos?

– Não, sinhô, nada disagrável *desde* aquela vez. Foi *ante* da vez, eu tô achando. Foi no dia memo que o sinhô teve lá.

– Como? O que você quer dizer com isso?

– Sinhô, quero dizê que é o bicho, o bizorro. Agora juntei coragem.

– O... O quê?

– O bizorro. Tenho certeza na minha cabeça que o Sinhô Will foi picado por aquele bizorro de ouro, num lugar perto da cabeça.

– E que razões teria você, Júpiter, para imaginar uma coisa dessas?

– Ele tem ferrão, sinhô, e boca também. Nunca vi bicho maldito que nem esse. Ele esperneia e morde qualquer coisa que chega perto dele. O Sinhô Will conseguiu pegá ele, mas teve de soltar depressinha, tô dizendo. Foi aí que levou a mordida. Como não gostei do jeito da boca do bizorro, eu não quis pegar ele com a mão, e arranjei um jeito de pegar ele com um pedaço de papel que eu achei. Embrulhei ele no papel e enfiei o papel na boca dele – foi assim que eu fiz.

– Então você pensa mesmo que seu patrão foi picado pelo inseto e ficou doente por causa disso?

– Eu não penso nada, não sinhô. Eu sei disso. Se não foi porque o bizorro de ouro picou ele, o que fez então ele sonhar tanto com ouro? Eu já ouvi falar desses bizorros de ouro antes, faz muito tempo.

– Mas como você sabe que ele sonha com ouro?

– Como eu sei? Ora, ele fala dormindo, é assim que eu sei.

– Bem, Jup, talvez você esteja certo. Mas a que afortunada circunstância devo a honra da sua visita hoje?

– Como é qui é, sinhô?!

– Digo, você trouxe alguma mensagem do Senhor Legrand?

– Não, sinhô; só truxe esta carta aqui. – E Júpiter me entregou a nota que segue:

Meu caro,

Por que você desapareceu há tanto tempo? Espero que não tenha sido tão tolo a ponto de ficar ofendido com alguma pequena descortesia de minha parte; mas não, isso não é provável.

Desde que nos encontramos, tenho andado muito ansioso. Tenho algo a lhe contar, mas não sei exatamente como, ou mesmo se devo fazê-lo.

Não tenho passado bem nos últimos dias e o pobre Jup me incomoda, de maneira quase insuportável, com suas atenções exageradas e bem-intencionadas. Por exemplo, outro dia ele preparou uma grande vara para me dar uma surra porque eu tinha fugido dele para passar o dia sozinho entre as colinas. Realmente, acho que foi só minha aparência cansada e doentia que me salvou de um espancamento.

Desde o nosso último encontro, não acrescentei nada à minha coleção.

Se você puder, venha agora para cá com Júpiter. Por favor, venha. Gostaria de ver você ainda hoje. É importante. Garanto que é muito importante.

Seu amigo,
William Legrand

Havia algo no tom desta carta que me incomodou. O estilo era muito diferente do estilo normal de Legrand. Com o que ele estaria sonhando? Que novas extravagâncias estaria ele tramando em sua cabeça facilmente excitável? Que "negócio importante" poderia ele ter comigo? – O relato de Júpiter não antecipava nada de bom. Eu temia, entre outras coisas, que as pressões da vida tivessem, afinal, perturbado seriamente a mente do meu amigo. Portanto, sem um momento de hesitação, preparei-me para acompanhar o velho criado.

Ao chegarmos ao embarcadouro, notei que no fundo do nosso barco havia uma foice e três pás, aparentemente novas.

– O que é isto, Jup? – perguntei.

– Uma foice, sinhô, e pás.

– Certo. Mas o que estão fazendo aqui?

– É a foice e as pás que o Sinhô Will mandou eu comprar pra ele na cidade. E tive que entregar um dinheirão dos diabos por elas.

– Mas, em nome de todos os mistérios, o que o seu patrão Will vai fazer com essa foice e as pás?

– Isso é mais do que eu sei, sinhô, e que os diabos me carreguem se não é mais do que *ele* sabe. É tudo culpa do bizorro.

Percebi que não conseguiria arrancar maiores informações de Júpiter, cuja mente parecia totalmente absorvida pelo "bizorro". Então embarquei no pequeno veleiro e partimos. Com a ajuda de uma brisa forte, logo chegamos à pequena enseada ao norte do Forte Moultrie e, após uma caminhada de uns três quilômetros, estávamos na cabana. Eram cerca de três horas da tarde quando chegamos. Legrand nos esperava com impaciência, e, logo que me viu, agarrou minha mão com uma força que me assustou, aumentando ainda mais as suspeitas que eu já alimentava. Seu rosto estava pálido como o de um fantasma e seus olhos fundos tinham um brilho que não era natural. Depois de perguntar por sua saúde, por falta de coisa melhor para dizer indaguei se ele tinha recuperado o escaravelho que estava com o Tenente G... .

– Oh, sim... – respondeu de pronto, corando violentamente. – Ele o devolveu na manhã seguinte. Eu jamais me separaria daquele escaravelho.

Legrand fez essa declaração com tal seriedade que fiquei indescritivelmente chocado.

– Este inseto ainda vai me tornar rico – continuou, com um sorriso triunfal. – Vai me restituir a fortuna da família. O que há de tão estranho no fato de eu lhe dar valor? Já que a Sorte o colocou em minhas mãos, tenho apenas que usá-lo adequadamente, e então encontrarei o ouro do qual ele é o indício! Júpiter, traga-me aquele escaravelho!

– O quê?! O bizorro, sinhô? É melhor não mexer com aquele bicho. O sinhô que vá buscar sozinho.

Ante a negativa do negro, Legrand levantou-se com uma expressão grave e solene e foi buscar o besouro, que estava numa caixa de vidro. Era um belo escaravelho, desconhecido naquele tempo entre os naturalistas e, portanto, de grande valor científico. Havia duas manchas redondas junto a uma das extremidades das costas e, junto à outra, uma mancha alongada. Sua carapaça era muito dura e brilhante, com a aparência de ouro polido. Era notável o peso do inseto e, considerando tudo, eu não poderia censurar Júpiter por sua opinião a respeito dele. Mas, na realidade, eu não conseguia entender por que Legrand concordava com essa opinião.

– Mandei chamá-lo – disse Legrand em tom grandiloquente, logo depois que acabei de examinar o besouro –, mandei chamá-lo para que você me aconselhasse e me ajudasse a promover os desígnios do Destino e do besouro...

– Meu caro Legrand – exclamei, interrompendo-o –, você não está bem e é melhor tomar certos cuidados. Precisa ir para a cama, e eu vou lhe fazer companhia por alguns dias até você melhorar. Você está febril e...

– Sinta o meu pulso – disse ele.

Apalpei seu pulso e, na verdade, não percebi nenhum sinal de febre.

– Mas você pode estar doente mesmo sem ter febre. Deixe-me, pelo menos esta vez, prescrever-lhe uma receita. Em primeiro lugar, vá para a cama. Depois...

– Você está enganado – ele disse. – Sinto-me tão bem quanto é possível, no estado de excitação em que me encontro. Se você realmente deseja o meu bem, livre-me dessa agitação.

– E como posso fazê-lo?

– É fácil. Júpiter e eu vamos partir numa expedição rumo às colinas, no continente, e precisaremos da ajuda de alguém de nossa inteira confiança para essa empreitada. Você é a única pessoa em que posso confiar. Essa inquietação que você está notando em mim será do mesmo modo aliviada quer tenhamos sucesso ou não.

– Quero muito ajudá-lo, seja de que maneira for – retruquei. – Mas você está querendo me dizer que esse besouro infernal tem alguma ligação com a sua expedição às colinas?

– Sim.

– Então, Legrand, não posso participar de tamanho absurdo.

– Sinto muito. Muito mesmo. Pois, então, teremos que tentar a execução da tarefa sozinhos.

– Tentar sozinhos! Mas isso é uma loucura! Espere... Por quanto tempo você pretende ficar fora?

– Provavelmente a noite inteira. Vamos sair imediatamente e voltaremos, aconteça o que acontecer, ao nascer do sol.

– E você me promete, pela sua honra, que, quando acabar esta sua extravagância e essa história do besouro (Santo Deus!) estiver solucionada ao seu gosto, você vai voltar para casa e seguir meus conselhos como se fossem do seu próprio médico?

– Sim, prometo. Agora vamos, não temos tempo a perder.

De coração pesado, acompanhei meu amigo. Partimos por volta das quatro horas da tarde: Legrand, Júpiter, o cachorro e eu. O negro levava a foice e as pás, que ele mesmo insistiu em carregar, mais provavelmente por medo de entregar as ferramentas às mãos de seu patrão do que por qualquer excesso de cuidado ou gentileza. Seu comportamento era de extrema teimosia, e, "aquele maldito bizorro" foram suas únicas palavras, resmungadas durante toda a caminhada. Eu, por minha vez, carregava um par de lanternas, ao passo que Legrand se contentava com o escaravelho, que transportava na ponta de um barbante, balançando-o de um lado para outro enquanto caminhava, com ares de prestidigitador. Quando notei este último e evidente sinal de perturbação mental do meu amigo, mal pude conter as lágrimas. Achei, contudo, que seria melhor concordar com suas fantasias, pelo menos por enquanto, até que eu pudesse tomar medidas mais enérgicas com alguma possibilidade de sucesso. Nesse meio tempo tentei sondá-lo, em vão, quanto ao objetivo de nossa expedição. Depois de ter conseguido fazer com que eu concordasse em acompanhá-lo, ele parecia não ter nenhuma vontade de conversar sobre coisas que lhe parecessem de importância menor, e a todas as minhas perguntas só respondia "veremos!".

Atravessamos o riacho na ponta da ilha em uma pequena embarcação e, subindo as encostas na margem do continente, seguimos para o noroeste através de terras agrestes e desoladas, onde pés humanos jamais haviam pisado. Legrand ia na frente, decidido, parando aqui e ali por um instante para verificar o que pareciam ser marcos determinados por ele mesmo em alguma outra ocasião.

Desta forma, caminhamos por cerca de duas horas e, ao pôr do sol, entramos numa região erma, das mais ermas que já tinha visto. Era uma espécie de platô, próximo ao cume de uma colina quase inacessível, tomado de árvores de cima abaixo e entremeado de pedras enormes que pareciam soltas sobre o solo e que, em muitos casos, só não despencavam nos vales que estavam embaixo porque eram sustentadas pelas árvores nas quais se apoiavam. As ravinas profundas, de todos os lados, emprestavam uma solenidade ainda mais severa ao cenário.

A plataforma natural a qual havíamos subido era de tal forma coberta de espinheiros que logo descobrimos ser impossível abrir caminho sem usar a foice. Júpiter, orientado por seu patrão, começou a abrir uma trilha para nós, até chegar numa árvore enorme, uma esplêndida magnólia que se elevava acima dos oito ou dez carvalhos que a ladeavam. Suplantava todas as árvores que eu já tinha admirado, tanto na beleza de sua folhagem como em sua forma. Era impressionante a grande envergadura de seus galhos e sua aparência majestosa.

Quando chegamos a essa árvore, Legrand perguntou a Júpiter se ele seria capaz de escalá-la. O preto velho pareceu um pouco espantado e hesitou em responder. Aproximou-se do enorme tronco e, caminhando à sua volta, examinou-o atentamente. Por fim disse, com toda a simplicidade:

– Sim, sinhô. Jup pode subir em qualquer árvore que ele viu na vida.

– Então suba depressa, pois logo vai estar escuro demais e não vamos enxergar nada.

– Até onde devo subir, sinhô? – perguntou.

– Vá subindo pelo tronco. Depois eu digo até onde ir. E leve este besouro com você.

– O bizorro, Sinhô Will! O bizorro de ouro! – exclamou o preto velho, apavorado. – Por que tenho de levá o bizorro pra cima da árvore? Quero me daná se eu vô fazê isso!

– Jup, se você, um negro tão grande e forte desses, está com medo de tocar num inofensivo besourinho morto, pode levá-lo pendurado neste barbante. Mas se você ainda assim não quiser levar o besouro, vou ser obrigado a quebrar a sua cabeça com esta pá!

– O que é isso agora, sinhô? – disse Jup, já concordando meio envergonhado. – Sempre querendo briga com esse preto velho! Eu só tava brincando... *Eu* com medo do bicho? Num tô nem ligando pro bicho!...

Cautelosamente, ele pegou a pontinha do barbante e, mantendo o inseto o mais afastado possível, preparou-se para subir na árvore.

A magnólia (*Liriodendron tulipiferum*), quando jovem, é a mais magnífica de todas as árvores das florestas americanas. Ela tem um tronco muito liso, que chega a grandes alturas, sem galhos laterais. Mas, quando envelhece, sua casca fica enrugada e nodosa, e muitos ramos curtos brotam ao longo do tronco. Assim sendo, a dificuldade em subir na árvore era mais aparente do que real. Abraçando o grande tronco com os braços e as pernas, o mais apertado possível, agarrando alguns galhos com as mãos e apoiando os pés descalços em outros, Júpiter, depois de quase cair uma ou duas vezes, conseguiu chegar até a primeira grande forquilha e parecia considerar a tarefa praticamente cumprida. O *risco* de fato já havia passado, muito embora ele estivesse nesse momento a mais de vinte metros do chão.

– Para onde vou agora, Sinhô Will? – ele perguntou.

– Continue pelo galho maior, deste lado – disse Legrand.

O preto velho logo obedeceu, pelo visto sem dificuldade, subindo cada vez mais, até que mal se podia ver seu vulto atarracado através da densa folhagem que o envolvia. Logo depois, ouvimos sua voz chamando de longe:

– Quanto mais pra cima eu tenho que subir?

– Até onde você já subiu?

– Já dá pra ver o céu através do topo da árvore.

– Não se preocupe com o céu e preste atenção no que vou dizer. Olhe para baixo e conte os ramos embaixo de você, do lado de cá. Quantos ramos você já passou?

– Um, dois, três, quatro, cinco... Já passei cinco... Passei cinco ramos, sinhô, deste lado de cá.

– Então suba mais um.

Em poucos minutos ouvimos novamente sua voz anunciando que tinha chegado ao sétimo ramo.

– Agora, Jup – exclamou Legrand muito excitado –, quero que você continue por esse galho, até onde conseguir chegar. Se você observar qualquer coisa estranha, avise!

A essa altura, eu já não tinha mais dúvida quanto à insanidade do meu amigo. Não tinha outra alternativa senão concluir que ele estava enlouquecido, e fiquei muito ansioso por levá-lo para casa. Enquanto pensava em qual a melhor coisa a fazer, ouvimos novamente a voz de Júpiter:

– Estou com medo de avançar mais por este galho. É um galho morto, quase todo ele morto.

– Você disse que é um galho *morto*, Júpiter?! – exclamou Legrand com a voz trêmula.

– Sim, sinhô. Morto que nem um prego. Morreu mesmo. Partiu desta para melhor.

– Pelos céus, que vou fazer agora? – perguntou Legrand, perturbado.

– Faça o que eu lhe peço! – disse eu, feliz por encontrar uma oportunidade de dizer alguma coisa. – Vá para casa e para a cama, como um bom menino, e lembre-se da sua promessa; já está ficando tarde.

– Júpiter! – exclamou ele, sem me dar a menor atenção. – Você está me ouvindo?

– Sim, Sinhô Will, estou ouvindo muito bem.

– Então fure a madeira com a faca, veja se está muito podre.

– Está podre sim, sinhô – replicou o negro, depois de alguns instantes –, mas não tão podre como poderia estar. Posso tentar ir um pouco mais para a frente no galho, eu sozinho, posso sim.

– Você sozinho? O que você quer dizer com isso?

– Bem, quero dizer o bizorro. Esse bicho é muito pesado. Se eu soltar o bicho, o galho não vai quebrar só com o peso de um preto velho.

– Seu patife desgraçado! – exclamou Legrand, aparentemente muito aliviado –, o que você quer dizer com essa besteira? Se você largar o besouro, vou quebrar o seu pescoço. Júpiter, você está me ouvindo?

– Sim, sinhô, não precisa berrar comigo desse jeito.

– Ótimo. Então escute. Se você continuar por esse galho, até onde você achar seguro, sem deixar cair o besouro, vou lhe dar de presente um dólar de prata, assim que você descer.

– Estou indo, Sinhô Will. Já estou quase na ponta.

– Na *ponta*! – exclamou Legrand, quase gritando. – Você disse que está na ponta do galho?

– Quase na ponta, sinhô... Oooooooohhh! Deus tenha piedade! O que é isto aqui?

– E então! – exclamou Legrand, exultante –, o que é?

– É uma caveira! Alguém esqueceu a cabeça em cima da árvore, e os corvos comeram tudo, até o último pedacinho de carne.

– Uma caveira... Um crânio, você diz! Muito bem, o que está segurando o crânio ao galho? Como é que ele está preso?

– Preciso olhar, sinhô. Juro que tudo isto é muito esquisito. Preciso olhar... Tem um prego grande na caveira, o prego está pregando a caveira na árvore...

67

– Muito bem, Júpiter. Agora faça exatamente o que eu lhe disser. Está ouvindo?

– Sim, sinhô.

– Preste atenção. Procure o olho esquerdo do crânio.

– Huuummmm... Gozado... Não tem nenhum olho esquerdo!

– Deixe de ser burro! Você não sabe a diferença entre a sua mão esquerda e a sua mão direita?

– Eu sei... entendo tudo do assunto... a minha mão esquerda, eu racho lenha com ela...

– Claro, você é canhoto. E o seu olho esquerdo está do mesmo lado da sua mão esquerda. Agora vamos ver se você consegue achar o olho esquerdo do crânio, ou o lugar onde estava o olho esquerdo. Encontrou?

Houve uma longa pausa. Afinal, o preto velho perguntou:

– O olho esquerdo da caveira... está do mesmo lado da mão esquerda da caveira?... Porque a caveira não tem nem um pedacinho de mão, não tem mão mesmo!... Não tem importância! Já achei o olho esquerdo; tá aqui. O que eu faço com ele?

– Faça o besouro passar através dele, e deixe-o cair até onde o barbante alcançar, mas não deixe o barbante escapar da sua mão!

– Está feito, sinhô. Isso foi muito fácil, passar o bicho pelo buraco. Olha ele descendo aí embaixo!

Durante todo esse diálogo Júpiter permanecia invisível a nós, oculto pela copa da árvore. Mas o besouro, que ele conseguiu fazer descer, era agora visível na ponta do barbante, e rebrilhava como se fosse de ouro aos raios do sol poente, alguns dos quais ainda nos iluminavam fracamente no ponto elevado onde nos encontrávamos. O escaravelho já tinha ultrapassado o nível da ramagem e, se Júpiter o tivesse soltado, teria caído aos nossos pés. Legrand pegou a foice e com ela abriu um espaço circular de três ou quatro metros de diâmetro, logo abaixo do inseto, e depois ordenou a Júpiter que soltasse o barbante e descesse da árvore.

Após cravar uma estaca no chão, no ponto exato onde o besouro havia caído, Legrand tirou do bolso uma fita métrica. Prendeu-a no tronco da árvore, no ponto mais próximo do marco que havia colocado no solo, desenrolou-a até ele e, a partir dali, continuou desenrolando-a na direção já estabelecida pelos dois pontos até uma distância de quinze metros, enquanto Júpiter, com a foice, abria caminho por entre os espinheiros. No ponto assim determinado, ele cravou uma segunda estaca e traçou em volta dela um círculo grosseiro com pouco mais de um metro de diâmetro. Pegou então uma pá para si, entregou outra a Júpiter e outra a mim, e pediu-nos que começássemos a cavar o mais depressa possível.

Para dizer a verdade, eu não era muito dado a este tipo de "diversão" e, naquele momento em particular, já estava exausto com os "exercícios" do dia. Mas não havia maneira de me esquivar, e eu temia perturbar a serenidade do meu pobre amigo com uma recusa. Se tivesse certeza de que poderia contar com a ajuda de Júpiter, teria sem dúvida tentado levar o lunático para casa à força; mas eu conhecia bem demais a índole do antigo escravo para esperar que ele, em qualquer circunstância, tomasse o meu partido numa disputa pessoal com o seu patrão. Eu não tinha dúvida de que Legrand fora contaminado por alguma das inúmeras superstições da região sobre tesouros enterrados e que esta fantasia fora confirmada pelo achado do escaravelho ou, talvez, pela obstinação de Júpiter em afirmar que aquele era um "bizorro de ouro puro". Uma mente predisposta à loucura poderia ser facilmente arrastada por sugestões desse tipo, especialmente se elas coincidem com algumas ideias preconcebidas. Lembrei-me então do que o pobre diabo havia dito a respeito de o besouro ser o "sinal da sua fortuna". Eu estava muito triste e confuso, mas, afinal, decidi fazer das tripas coração e cavar, com boa vontade, para assim convencer o visionário mais depressa, por demonstração prática, da insensatez de suas ideias.

Acendemos as lanternas e passamos a trabalhar com uma diligência digna de causa mais racional; e, com a luz derramando sobre nós e nossas ferramentas, eu não podia deixar de pensar sobre o grupo bizarro que formávamos, e o quão estranhos e suspeitos nossos esforços poderiam parecer a qualquer intruso que, por acaso, ali nos encontrasse.

Cavamos laboriosamente durante duas horas. Pouco falamos; nosso problema principal consistia nos latidos de Lobo, o cachorro, que parecia muito interessado no que falávamos. No fim, tornou-se tão inconveniente que começamos a ficar com medo que ele pudesse alertar alguém que, porventura, estivesse passando por perto – ou, pelo menos, Legrand receava tal possiblidade. Quanto a mim, confesso que me teria alegrado com qualquer interrupção que me propiciasse a oportunidade de levar aquele maluco para casa. Afinal, Júpiter resolveu o problema do barulho, saindo do buraco que cavávamos com ar determinado e amordaçando o bicho com um de seus suspensórios; em seguida, voltou ao trabalho com uma risadinha grave.

Duas horas depois, chegamos a uma profundidade de cerca de um metro e meio, sem encontrar qualquer sinal de tesouro. Fez-se uma longa pausa, e comecei a pensar que a farsa havia terminado. Mas Legrand, visivelmente transtornado, enxugou a testa pensativo e recomeçou a cavar.

Já tínhamos escavado um círculo com mais de três metros de diâmetro e estávamos agora expandindo seus limites; cavamos cerca de meio metro mais. Nada apareceu. O caçador de tesouros, de quem eu, sinceramente, tinha pena, saiu afinal da cova, com o mais amargo desapontamento estampado no rosto e, lenta e resolutamente, vestiu o casaco que havia tirado no começo do trabalho. Não fiz comentários. Júpiter, a um sinal de seu patrão, começou a juntar as ferramentas. E então, depois de desamordaçar o cão, voltamos em silêncio para casa.

Caminhamos talvez uns doze passos na direção da casa quando, soltando uma praga, Legrand avançou para Júpiter e o agarrou pelo colarinho. O negro, espantado, escancarou os olhos e a boca, derrubou as pás e caiu de joelhos.

– Seu patife! – sibilou Legrand por entre os dentes cerrados –, seu safado do inferno! Fale de uma vez! Diga já qual é! Qual é o seu olho esquerdo?!

– Meu Deus, Sinhô Will! O meu olho esquerdo não é este aqui? – berrou Júpiter aterrorizado, colocando a mão sobre o olho *direito* e mantendo-a ali desesperadamente, como se tivesse medo de que seu patrão o arrancasse.

– Foi o que pensei! Eu sabia! Viva!!! – vociferou Legrand, soltando o negro e executando uma série de piruetas, para grande espanto do criado, que, erguendo-se dos joelhos, olhava, mudo, na direção do seu patrão para mim e vice-versa.

– Vamos voltar! – bradou ele. – A brincadeira ainda não terminou!

E levou-nos de volta para a magnólia.

– Júpiter – disse ele, quando chegamos ao pé da árvore –, venha cá! A caveira estava pregada no galho com a cara virada para fora ou com a cara virada para a copa?

– Sinhô, a cara tava pra fora, pros corvos poderem comer os olhos sem dificuldade.

– Então foi por este olho aqui ou pelo outro que você jogou o besouro? – E Legrand tocou em cada um dos olhos de Júpiter.

– Foi por este olho aqui, sinhô, o olho esquerdo, que nem o sinhô mandou. – E o preto velho apontou seu olho direito.

– Está bem. Precisamos tentar de novo.

Foi então que meu amigo, em cuja loucura eu percebia, ou acreditava perceber, alguns indícios de método, retirou a estaca que marcava o local onde o besouro havia caído e levou-a a um ponto cerca de dez centímetros mais distante, a oeste da posição anterior. Em seguida pegou a fita métrica, mediu a menor distância entre o tronco da árvore e a estaca, como fizera antes, e caminhou em linha reta por quinze metros, até um ponto que assinalou, a alguns metros do lugar onde estivéramos cavando.

Em volta da nova posição foi traçado um círculo um pouco maior do que o anterior, e recomeçamos a cavar. Eu estava exausto, mas, sem entender o que havia alterado o curso dos meus pensamentos e já não sentindo tanta raiva daquele trabalho, comecei a ficar muito interessado, e até mesmo excitado. Talvez houvesse alguma coisa no comportamento extravagante de Legrand, uma espécie de premonição ou de deliberação, que me impressionou.

Trabalhei febrilmente, e, de vez em quando, até me surpreendia procurando, tomado por algo muito semelhante à esperança, o sonhado tesouro cuja visão havia enlouquecido o meu pobre companheiro. Num momento em que eu estava completamente imerso em tais divagações, e depois de termos cavado por cerca de uma hora e meia, fomos outra vez interrompidos pelos latidos violentos do cão. Sua agitação, no começo, era evidentemente causada pela vontade de brincar, mas agora assumia um tom mais inquietante. Quando Júpiter tentou amordaçá-lo outra vez, o cão resistiu com fúria e, pulando no buraco, começou a cavar freneticamente com suas patas. Em poucos segundos ele descobriu uma porção de ossos humanos, que formavam dois esqueletos completos, misturados com diversos botões de metal e com algo que parecia ser pó de lã apodrecida. Mais uma ou duas investidas com a pá trouxeram para fora uma grande faca espanhola e, quando cavamos mais, três ou quatro moedas avulsas de ouro e prata vieram à luz.

À vista das moedas, Júpiter mal podia conter sua alegria, mas a fisionomia de seu patrão ostentava um ar de extremo desapontamento. Apesar disso, insistiu para que continuássemos empenhando nossos esforços naquela tarefa e, mal ele acabou de formular tal pedido, tropecei e caí para a frente, ao prender o pé numa grande argola de ferro que estava semienterrada na terra revolvida.

Retomamos o trabalho com mais empenho ainda, e nunca antes passei por dez minutos de excitação tão intensa. Nesse meio tempo, desenterramos quase por completo uma arca oblonga de madeira, que, a julgar por seu perfeito estado de

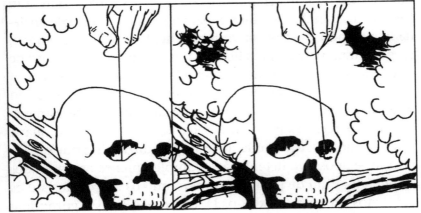

conservação e por sua incrível dureza, tinha passado por algum processo natural de mineralização. A caixa tinha pouco mais de um metro de comprimento por noventa centímetros de largura e setenta e cinco centímetros de profundidade. Estava toda fortemente cingida por cintas rebitadas de aço forjado, formando uma espécie de treliça aberta. Em cada lado da arca, perto da parte de cima, havia três argolas de ferro – seis ao todo – pelas quais ela podia ser firmemente agarrada por seis pessoas. Nossos maiores esforços conjuntos serviram apenas para deslocar o baú ligeiramente em seu próprio lugar. Logo vimos a impossibilidade de remover algo tão pesado. Por sorte, a única coisa que prendia a tampa eram dois parafusos deslizáveis, que num instante retiramos, trêmulos e mal contendo o fôlego de ansiedade. Quando os raios da lanterna incidiram sobre o buraco, reverberaram para cima, refletidos num amontoado confuso de ouro e joias que nos deixou completamente deslumbrados.

Não vou tentar descrever meus sentimentos quando olhei para aquilo. O assombro, naturalmente, predominava. Legrand parecia exausto com toda aquela agitação, e falava muito pouco. A fisionomia de Júpiter traduzia o grande espanto que se apossava dele. Estava completamente assombrado, estupefato. Caiu de joelhos e, enterrando os braços nus até os cotovelos no ouro, deixou-os lá, como se estivesse gozando a luxuriosa delícia de um banho. Depois, com um suspiro profundo, exclamou como se estivesse falando sozinho:

– E tudo isso veio do bizorrinho de ouro... do lindo bizorrinho de ouro! O pobrezinho do bizorrinho de ouro que eu desprezei de um jeito tão bruto! Você não tem vergonha, seu negro? Responda!

Foi preciso, afinal, que eu chamasse a atenção, tanto do criado como do patrão, para as conveniências de tirar o tesouro de lá. Estava ficando tarde e era preciso um esforço para podermos guardar todas as coisas antes do amanhecer. Era difícil dizer o que devia ser feito, e perdemos muito tempo deliberando, tão confusas estavam nossas ideias. Afinal, decidimo-nos por aliviar o peso da caixa, removendo dois terços do seu conteúdo, e então conseguimos, com muita dificuldade, erguê-la do buraco. Os objetos retirados foram deixados entre os espinheiros, e o cachorro ficou tomando conta deles, com ordens estritas de Júpiter para não se afastar daquele lugar sob qualquer pretexto, nem emitir um único latido até a nossa volta. Fomos então para casa apressadamente, carregando a arca. Conseguimos afinal chegar à cabana, tendo, para tanto, feito um esforço excessivo, à uma hora da manhã. Cansados como estávamos, não tínhamos condições de fazer mais nada em seguida. Descansamos até as duas e então ceamos. Logo depois, partimos para as colinas, munidos de três sacos reforçados que, por sorte, encontramos na casa. Um pouco antes das quatro chegamos à escavação, dividimos entre nós o que restava do despojo em partes tão iguais quanto possível e, abandonando os buracos abertos, retornamos à cabana, onde, pela segunda vez, deixamos nossos fardos cheios de ouro logo que surgiram os primeiros raios do alvorecer por sobre as copas das árvores.

Estávamos absolutamente sem forças, mas a excitação daquele momento não nos permitia repousar. Depois de uma cochilada intranquila de três ou quatro horas, acordamos no mesmo momento, como se tivéssemos combinado, para examinar nosso tesouro.

A arca estava cheia até a borda, e passamos o dia inteiro e a maior parte da noite seguinte examinando seu conteúdo. Não havia nada que sugerisse ordem ou arrumação. Tudo fora atirado lá dentro atabalhoadamente. Após separar as peças com extremo cuidado, descobrimos que tínhamos nas mãos uma fortuna ainda maior do que havíamos suposto. Em moedas havia muito mais do que quatrocentos e cinquenta mil dólares, avaliando as peças segundo os valores daquela época. Não havia nenhum objeto de prata; era tudo ouro antigo e de procedência variada – francesa, espanhola e alemã, além de uns poucos guinéus ingleses e algumas moedas cuja origem não pudemos identificar. Algumas eram muito grandes e pesadas, tão gastas que mal conseguíamos ler suas inscrições. Não havia dinheiro americano. Para nós, o mais difícil era calcular o valor das joias. Havia diamantes – alguns deles muito grandes e vistosos –, cento e dez ao todo, e nenhum deles era pequeno; dezoito rubis de brilho extraordinário, trezentas e dez esmeraldas, todas muito bonitas; vinte e uma safiras e uma opala. Todas essas pedras haviam sido arrancadas de seus engastes e jogadas soltas no baú. Os próprios engastes, que encontramos entre o resto do ouro, pareciam ter sido martelados, como que para impedir sua identificação. Além de tudo isso, encontramos uma grande quantidade de ornamentos de ouro maciço: cerca de duzentos anéis e brincos, ricas correntes – trinta, se bem me lembro –, oitenta e três grandes e pesados crucifixos. Cinco turíbulos de ouro de grande valor, uma fantástica poncheira ornamentada em rico relevo com figuras dionisíacas, dois cabos de espada requintadamente trabalhados, e muitos outros objetos menores, dos quais não me recordo com precisão. O peso conjunto destes itens de valor passava dos cento e cinquenta quilos – e ainda não incluí nessa estimativa os cento e noventa e sete soberbos relógios de ouro; três deles valeriam quinhentos dólares cada, mais ou menos. Muitos eram muito antigos e, funcionalmente, não tinham mais qualquer valor. Seus mecanismos tinham sido – alguns mais, outros menos – prejudicados pela corrosão, mas eram todos ricamente engastados de pedras preciosas e estavam contidos em estojos de grande valor. Naquela noite, avaliamos o conteúdo da arca em um milhão e meio de dólares; e, após a venda das joias e bijuterias (sendo que algumas delas conservamos para próprio uso), descobrimos o quanto havíamos subestimado aquele tesouro.

Quando, mais tarde, terminamos de examiná-lo, e o entusiasmo do momento havia arrefecido, Legrand percebeu que eu estava morrendo de impaciência por uma solução para esse extraordinário quebra-cabeça. Entrou, então, em detalhes sobre as circunstâncias a ele ligadas.

– Você deve se lembrar – disse – da noite em que lhe entreguei o esboço que fiz do escaravelho. Deve se lembrar também do fato de eu ter ficado muito aborrecido por você insistir que o meu esboço parecia uma caveira. Quando você disse isso pela primeira vez pensei que estivesse brincando. Mas logo depois me lembrei das manchas peculiares nas costas do inseto e admiti que as suas observações tinham um certo fundamento. Entretanto, o seu descaso pelo meu talento gráfico melindrou-me – pois sou considerado um bom desenhista. Por isso, quando você me entregou o pedaço de pergaminho, eu estava prestes a amarrotá-lo e jogá-lo no fogo, muito irritado.

– Você quer dizer, o pedaço de papel – disse eu.

"– Não. Ele se parecia tanto com um pedaço de papel que, no começo, pensei que fosse. Mas, quando fui desenhar nele, descobri de repente que era um pedaço de pergaminho muito fino. Estava muito sujo, você se lembra. Bem, eu estava justamente amassando o papel quando meu olhar recaiu sobre o esboço que você estava examinando. Você nem pode imaginar minha perplexidade quando percebi, de fato, que eu havia desenhado a imagem de uma caveira enquanto procurava esboçar o besouro. Por um instante fiquei espantado demais para pensar com clareza. Eu sabia que meu desenho era muito diferente daquele nos detalhes – embora houvesse certa semelhança na aparência geral. Em seguida, peguei uma vela e fui sentar-me no outro lado da sala, para examinar o pergaminho mais detalhadamente. Ao virá-lo do outro lado, vi meu próprio esboço exatamente como o havia feito, só que ao contrário. A primeira coisa que senti foi apenas surpresa pela notável semelhança dos contornos, pela coincidência singular de haver, sem que eu soubesse, uma caveira desenhada no outro lado do pergaminho, logo embaixo do meu desenho do escaravelho, e de essa caveira, não apenas na forma como nas dimensões, se parecer tanto com o meu esboço. Posso dizer que esse golpe do acaso me deixou estupefato por algum tempo. Esse é o efeito habitual de tal tipo de coincidência: a mente luta para estabelecer uma conexão, uma sequência de causa e efeito e, sendo incapaz de fazê-lo, sofre uma espécie de paralisia temporária. Logo a seguir, depois que me recuperei do estupor, fui pouco a pouco tomado por uma convicção que me espantou ainda mais do que a coincidência. Comecei a me lembrar clara e positivamente de que *não* havia desenho algum no pergaminho quando fiz o esboço do escaravelho. Eu tinha absoluta certeza disso, pois me lembrava de ter virado o pergaminho dos dois lados, procurando o lugar mais limpo para desenhar. Se a caveira estivesse lá, eu não poderia ter deixado de notá-la. Ali estava um mistério que eu não podia explicar – mas, mesmo naquele primeiro momento, pressenti que aquilo acabaria por me levar a uma insólita aventura. Levantei-me imediatamente, guardei o pergaminho bem guardado e resolvi parar de pensar no assunto até ficar sozinho.

Depois que você foi embora, e depois que Júpiter já tinha adormecido profundamente, passei a uma investigação mais metódica do assunto. Primeiro, pensei na maneira como o pergaminho havia caído em minhas mãos. O lugar onde achamos o escaravelho fica na costa do continente, a um quilômetro e meio a leste da ilha, mas muito perto do ponto atingido pela maré alta. Quando o peguei, o escaravelho me deu uma picada, e deixei-o cair. Júpiter, com sua cautela habitual, antes de apanhar o inseto – que havia voado em sua direção –, procurou em volta por uma folha ou alguma coisa parecida com que pudesse envolvê-lo. Foi neste momento que seus olhos, e também os meus, caíram sobre o pedaço de pergaminho que eu, na hora, pensei tratar-se de uma folha de papel. Estava meio enterrado na areia, com uma ponta saindo para fora. Logo ao lado, notamos os restos de um casco do que, ao que parecia, era um escaler. Os destroços davam a impressão de estar ali há muito tempo, pois mal se podia distinguir neles qualquer semelhança com tábuas de construção naval.

Bem; Júpiter pegou o pergaminho, embrulhou o besouro nele e me entregou. Logo depois voltamos para casa e, no caminho, nos encontramos com o Tenente G... Mostrei-lhe o inseto e ele me pediu que o deixasse levá-lo ao forte. Depois que consenti, ele enfiou o inseto no bolso do colete, sem o pergaminho que o embrulhava, o qual eu continuava a segurar. Talvez ele receasse que eu mudasse de ideia e tenha achado melhor assegurar logo sua presa. Você sabe como ele é, fica muito entusiasmado com tudo o que se refere à História Natural. Naquele instante, sem pensar, coloquei o pedaço de pergaminho no bolso.

Você deve se lembrar de que, quando fui à mesa para fazer um esboço do besouro, não achei papel no lugar de costume. Procurei na gaveta e não achei. Procurei nos bolsos, esperando encontrar uma carta velha, e não achei. Minha mão caiu sobre o pergaminho. Esta é a história, em detalhes, de como este pergaminho caiu em minhas mãos – julguei adequado contá-la, pois as circunstâncias me impressionaram de maneira muito peculiar.

Sem dúvida, você vai achar que estou fantasiando, mas já estabeleci um certo tipo de *conexão*. Juntei dois elos de uma grande corrente. Havia um barco na praia, e perto do barco se encontrava um pedaço de pergaminho. Não um pedaço de *papel*... e com uma caveira desenhada nele. É claro, você vai perguntar onde está a conexão. E eu respondo que o crânio, ou a caveira, é um símbolo muito conhecido dos piratas. O pavilhão da caveira é içado em todos os combates.

Eu disse que aquele era um pedaço de pergaminho, não de papel. O pergaminho é durável – quase imperecível. Assuntos de pequena importância são raramente registrados em pergaminho, pois, para finalidades comuns de desenhar ou escrever, o pergaminho não é, nem de longe, tão adequado como o papel. Essa reflexão sugeria que o crânio teria algum significado importante. Também não deixei de observar a *forma* do pergaminho. Embora um dos seus cantos tivesse sido destruído por acidente, era possível notar que seu formato original era oblongo. Era, de fato, exatamente o pedaço de pergaminho que poderia ser usado para escrever um memorando – para registrar algo que deveria ser preservado cuidadosamente e lembrado por muito tempo."

– Mas – objetei – você disse que a caveira não estava no pergaminho quando você fez o esboço do besouro. Como foi então possível fazer a conexão entre o barco e o crânio uma vez que a caveira, segundo suas próprias palavras, deve ter sido desenhada, sabe Deus como ou por quem, depois de você ter esboçado o escaravelho?

"– Ah, é aí que está todo o mistério, embora o segredo, naquela altura, não tenha sido muito difícil de descobrir. Meus passos eram seguros e só poderiam levar a uma única solução. Por exemplo, raciocinei assim: quando esbocei o escaravelho, não havia nenhuma caveira visível no pergaminho. Quando terminei o desenho, dei-o a *você* e observei-o atentamente até que você o devolvesse a mim. Assim, sei que não foi *você* que desenhou a caveira, e não havia mais ninguém presente que o pudesse ter feito. Portanto, ela não foi desenhada por mãos humanas. E, no entanto, lá estava ela.

Àquela altura das minhas reflexões, tentei me lembrar, e de fato me lembrei, muito claramente, de todos os incidentes que ocorreram naquele período de tempo. Fazia muito frio – que circunstância rara e feliz! – e havia lume vivo na lareira. Eu estava afogueado pela caminhada que tinha dado e sentei-me perto da mesa. Mas você arrastou uma cadeira para junto da chaminé. Assim que coloquei o pergaminho em suas mãos, meu cão Lobo entrou e pulou nos seus ombros. Você o acariciou com a mão esquerda, mantendo-o afastado enquanto deixava cair a mão direita sobre os joelhos, a mão que segurava o pergaminho e que estava mais perto das chamas. Pensei por um momento que o pergaminho pegava fogo, e estava a ponto de alertá-lo, mas, antes que eu pudesse falar, você afastou a mão da chama e começou a examinar o pergaminho. Depois que recordei todos esses detalhes, não tive mais dúvida de que fora o calor que fizera aparecer aquela caveira no pergaminho. Você sabe muito bem que existem, há muito tempo, preparados químicos com os quais é possível escrever sobre papel ou pergaminho de modo que os caracteres só se tornem visíveis depois de expostos à ação do fogo. Algumas vezes se utiliza o óxido azul de cobalto dissolvido em *aqua regia* e diluído numa quantidade de água que corresponda a quatro vezes seu peso; o resultado é uma tintura verde. O régulo de cobalto dissolvido em ácido nítrico resulta numa tintura vermelha. Essas tinturas desaparecem algum tempo depois que o material escrito se resfria, mas aparecem novamente quando se lhes reaplica um pouco de calor.

Examinei então o crânio com atenção. Seus contornos exteriores – as margens do desenho mais próximas às beiradas do pergaminho – eram muito mais *definidos* que os outros. Era óbvio que a ação da temperatura tinha sido imperfeita e desigual. Imediatamente acendi um fogo e submeti cada parte do pergaminho ao calor das chamas. De início, o único efeito foi ressaltar os fracos contornos da caveira. Mas depois de insistir um pouco na experiência, tornaram-se visíveis num canto do pergaminho, na direção diagonalmente oposta ao ponto em que estava delineada a caveira, os traços de algo que, à primeira vista, me pareceu ser uma cabra. Depois de examinar melhor, entretanto, percebi que aquilo tinha a intenção de ser um cabrito."

– Bem! – disse eu. – Não tenho mais o direito de rir de você. Afinal, um milhão e meio em dinheiro é assunto sério demais para se brincar, mas você não vai descobrir o terceiro elo da sua corrente, não conseguirá forçar a ligação entre os seus piratas e uma cabra. Você sabe, os piratas não têm nada a ver com cabras, as cabras estão muito mais interessadas em plantações.

– Mas eu acabei de dizer que o desenho *não* era de uma cabra!

– Bem, um cabrito então. São bem parecidos.

– Bem parecidos, mas não iguais – disse Legrand. – Você deve ter ouvido falar de um certo Capitão Kidd(*), um famoso pirata. Logo que vi o desenho desse animal, percebi que se tratava de uma forma de identificação, como se fosse uma espécie de assinatura disfarçada, hieroglífica. Eu disse assinatura, pois sua posição no pergaminho sugeria esta ideia. A caveira, no

---

(*) Kid = "cabrito", em inglês.

canto diametralmente oposto, tinha a forma e aparência de um selo, ou sinete. Mas fiquei muito espantado com a ausência de todo o resto, do corpo do documento, do texto em si.

– Acho que você esperava encontrar uma carta entre o sinete e a assinatura.

– Qualquer coisa no gênero. O fato é que eu estava muito impressionado com o que me pareceu ser um golpe de sorte; é difícil dizer por quê. Talvez isso tenha sido, afinal, mais uma vontade do que uma convicção. Mas você sabe que as tolas palavras de Júpiter sobre o besouro ser de ouro maciço tiveram um efeito extraordinário sobre a minha imaginação? E, depois disso, a série de incidentes e coincidências foi extraordinária demais. Você notou como, por mero acaso, todos esses incidentes ocorreram no *único* dia do ano que foi tão frio a ponto de ser necessário acender o fogo, e que sem aquele fogo, ou sem a intervenção do cachorro no momento exato em que você apareceu, eu jamais teria notado a caveira e jamais teria me apossado do tesouro?

– Continue. Não posso conter minha impaciência.

"– Bem, naturalmente você ouviu as muitas histórias que correm, os mil boatos vagos sobre tesouros enterrados em algum lugar na costa do Atlântico, por Kidd e seus comparsas. Esses boatos devem estar, de algum modo, baseados em fatos. E, se os boatos existem há tanto tempo e tão continuadamente, só podem ser consequência, ao que me parece, do fato de que o tesouro enterrado *continuava* enterrado. Se Kidd tivesse escondido o resultado das suas pilhagens por algum tempo e depois o tivesse recuperado, os rumores dificilmente teriam chegado até nós em sua forma atual e invariável. Você deve ter observado que sempre se contam histórias sobre caçadores de tesouros, e não sobre achadores de tesouros. Se o pirata tivesse recuperado sua fortuna, o assunto estaria encerrado.

Pareceu-me, no entanto, que um acidente qualquer – a perda de um documento indicando a localização exata, por exemplo – havia impedido Kidd de recuperar o tesouro, e que esse acidente chegou ao conhecimento de seus comparsas que, de outra forma, jamais teriam tomado ciência da existência dessa fortuna enterrada, sem alguma coisa que os orientasse – e deu origem às lendas que hoje são tão comuns. Você já ouviu falar de algum tesouro importante desenterrado perto da costa?"

– Nunca.

– Mas é bem sabido que Kidd acumulou riquezas imensas. Portanto, eu tinha certeza de que essa fortuna ainda estava enterrada. E você certamente não vai ficar surpreso se eu contar que tinha uma esperança, quase certeza, de que o pergaminho encontrado de maneira tão estranha tinha ligação com um registro perdido do local onde o tesouro foi enterrado.

– Mas o que foi que você fez?

– Aproximei o pergaminho do fogo outra vez, depois de ter atiçado as chamas para aumentar o calor, mas, ainda assim, não apareceu mais nada. Pensei então que a camada de sujeira que o cobria poderia ser a responsável pelo meu fracasso; então, lavei cuidadosamente o pergaminho com água morna e depois o coloquei numa panela, com o desenho do crânio virado para baixo, e depus a panela sobre as brasas do fogão. Em poucos minutos, estando a panela já completamente aquecida, retirei o pedaço de pergaminho e notei, com grande alegria, que ele estava marcado, em diversos lugares, pelo que pareciam ser sinais dispostos em linhas. Coloquei-o de volta na panela e deixei-o ficar ali por mais um minuto. Quando o retirei, estava exatamente como você pode vê-lo agora.

Então Legrand, depois de reaquecer o pergaminho, submeteu-o à minha apreciação. Os caracteres que seguem estavam grosseiramente desenhados em tinta vermelha, entre a caveira e a cabra:

"53‡‡†305))6*;4826)4‡.)4‡.);806*;48†8π60))85;I‡.
(;:.‡*8†83(88)5*†;46(;88*96*?;8)*‡.(;485);5*†2:
*‡(;4956*2(5*–4)8π8*;4069285);)6†8)4‡‡;I(‡9;
48081;8:8‡I48†85;4)485†528806*8I(.‡9;48;(88;4
(.‡?34;48)4‡;I6I;:I88;‡?;"

– Mas... – disse eu, devolvendo o pedaço de pergaminho – estou tão confuso quanto antes. Se todas as joias do mundo estivessem me esperando em troca da solução deste enigma, eu não seria capaz de conquistá-las.

– E no entanto – disse Legrand – a solução não é tão difícil quanto você poderia imaginar só com uma olhada rápida sobre os caracteres. Eles constituem, como qualquer um pode ver, uma mensagem cifrada, isto é, eles têm um sentido oculto. Mas, pelo que sabemos sobre Kidd, não seria possível imaginá-lo criando um criptograma realmente complicado. Assim, parti do pressuposto que este era um criptograma simples, porém do tipo que poderia parecer absolutamente indecifrável para a mente primária de um marinheiro; insolúvel, sem que se fornecesse a chave.

– E você conseguiu mesmo decifrá-lo?

"– Sem maiores dificuldades. Já decifrei outros dez mil vezes mais complicados. As circunstâncias, e um certo estado de espírito, fizeram com que eu me interessasse por esse tipo de quebra-cabeça. E duvido que o engenho humano possa engendrar um enigma que o próprio engenho humano não seja capaz de desvendar. De fato, desde que consegui estabelecer caracteres legíveis e ligados entre si, mal pensei na pequena dificuldade de extrair deles algum sentido.

No caso, como de fato em todos os casos de escrita secreta, o primeiro problema se refere à *linguagem* do criptograma, pois os princípios para se chegar à solução dependem, e são modificados, pelo espírito de cada idioma em particular.

Em geral, não há alternativa a não ser a experimentação de todas as possibilidades em cada uma das línguas conhecidas pela pessoa que procura a solução, até chegar à solução verdadeira. Mas, na mensagem cifrada que agora está diante de nós, todas as dificuldades desaparecem por causa da assinatura. O jogo de palavras com o nome "Kidd" só pode ser entendido em inglês, pois a palavra *Kid*, que significa "cabrito" se pronuncia da mesma forma que "Kidd". Mas, por essa mesma razão, eu deveria ter começado minhas tentativas com os idiomas espanhol ou francês, pois são estas as línguas em que um pirata de mares espanhóis teria, muito provavelmente, escrito um segredo desse tipo. Mas, em vista do trocadilho em inglês, inferi que o criptograma estava escrito nessa língua. Examinando o criptograma, você pode notar que não existem divisões entre as palavras. Se houvesse, a tarefa teria sido relativamente fácil. Nesse caso, eu teria começado por fazer uma comparação e uma análise das palavras mais curtas e, se aparecesse uma palavra de uma única letra, como *a* ou *I* ("um(a)" e "eu"), eu teria considerado a solução como garantida. Mas, como não havia divisões, meu primeiro passo foi me certificar de quais eram as letras predominantes, as que mais ocorriam, assim como quais eram as menos frequentes. Depois de tentar todas, construí esta tabela:

A cifra	8	aparece	33	vezes
"	;	"	26	"
"	4	"	19	"
"	‡)	"	16	"
"	*	"	13	"
"	5	"	12	"
"	6	"	11	"
"	†I	"	8	"
"	0	"	6	"
"	92	"	5	"
"	:3	"	4	"
"	?	"	3	"
"	π	"	2	"
"	−.	"	1	"

Agora, atenção: em inglês, a letra que ocorre com mais frequência é o *e*. Depois, sucessivamente, elas ocorrem assim: *a, o, i, d, h, n, r, s, t, u, y, c, f, g, l, m, w, b, k, p, q, x, z*. A letra *e* predomina de maneira tão notável que é rara uma frase, de qualquer tamanho, na qual ela não seja a letra predominante.

Assim, já como ponto de partida, temos uma base para a decifração que não está assentada na mera adivinhação. O uso geral que podemos fazer desta tabela é óbvio, mas, em se tratando deste símbolo em particular, vamos precisar muito pouco da ajuda dela. Como a cifra mais comum no criptograma é 8, vamos assumir que ela corresponde ao *e* no alfabeto inglês. Para verificar se esta suposição está correta, vamos verificar com que frequência o 8 aparece dobrado, pois o *e* muitas vezes ocorre dobrado em inglês, como nas palavras *meet, fleet, speed, seen, been, agree* etc. Neste caso, vi a letra *e* (se representada pelo 8) em dobro pelo menos cinco vezes, embora o criptograma seja curto.

Portanto, vamos estabelecer que 8 corresponde a *e*. Agora, entre todas as palavras da língua inglesa, o artigo *the* é a mais comum. Vamos ver, então, se há repetições de três determinados caracteres na mesma ordem, sendo o 8 o último deles. Se descobrirmos repetições dessas cifras na mesma ordem, o conjunto de símbolos provavelmente representará a palavra *the*. Feita a verificação, detectamos a existência de determinado arranjo que ocorre pelo menos sete vezes, composto pelos seguintes caracteres: ;48. Podemos portanto inferir que ; representa *t*, 4 representa *h* e 8 representa *e* – confirmando assim o valor deste último. Demos assim um grande passo.

Mesmo tendo determinado uma única palavra, conseguiremos a partir dela estabelecer um ponto muito importante, que é a decifração de diversos começos e fins de palavras diferentes. Vamos, por exemplo, ver o penúltimo caso em que ocorre a combinação ;48 – perto do fim da mensagem cifrada. Sabemos que o ; seguinte é o início de uma palavra e, dos seis caracteres que seguem, conhecemos pelo menos cinco. Vamos então substituir esses caracteres pelas letras cujo valor já identificamos, deixando um espaço em branco para a letra desconhecida:

t eeth

Imediatamente podemos descartar o conjunto *th*, tão usual em inglês, já que não pode fazer parte da palavra que começa com o primeiro *t*; uma vez que, experimentando todas as letras do alfabeto no espaço vago, vamos descobrir que, no caso, é impossível formar qualquer palavra da qual *th* seja parte. Assim, chegamos a

t ee

e, percorrendo novamente, se necessário, todo o alfabeto, como havíamos feito antes, chegaremos à conclusão de que a palavra *tree* (árvore) é a única possível. Conseguimos, assim, descobrir mais uma letra, o *r*, representado por (, com duas palavras justapostas, *the tree*.

Olhando um pouco além dessas palavras, podemos notar outra vez a combinação ;48 , que empregaremos como uma terminação para o que a precede. Chegamos então ao seguinte arranjo:

the tree ;4‡?34the,

ou substituindo as cifras pelas letras já conhecidas:

the tree thr‡?3h the.

Muito bem; se em lugar dos caracteres desconhecidos deixarmos espaços em branco, ou pontos, teremos:

the tree thr... h the,

onde a palavra *through* (através) logo se evidencia. Esta descoberta logo nos dá três letras novas: *o*, *u* e *g*, representadas por ‡,? e 3.

Agora, examinando bem o criptograma à procura de caracteres já conhecidos, vamos encontrar, perto do começo, o seguinte arranjo:

83(88, ou egree,

que é, obviamente, o fim da palavra *degree* (grau) e nos revela mais uma letra – *d* –, representada por †.

Quatro letras adiante da palavra *degree*, encontramos a combinação:

;46(;8.

Traduzindo os caracteres conhecidos e substituindo o desconhecido por um ponto, como fizemos antes, teremos:

th.rtee,

um arranjo que logo sugere a palavra *thirteen* (treze) e que, mais uma vez, nos revela dois novos caracteres, *i* e *n*, representados por 6 e *.

Voltando agora ao início do criptograma, encontramos a combinação:

53‡‡†

Traduzindo, como antes, chegaremos a:

.good,

o que nos assegura que a primeira letra é *a* e que as duas primeiras palavras são *a good* ("um bom" ou "uma boa").

Chegou então o momento de organizarmos nossa chave até onde a desvendamos, em forma de tabela, para evitar confusão. Ficaria assim:

5	representa	a
†	"	d
8	"	e
3	"	g
4	"	h
6	"	i
*	"	n
‡	"	o
(	"	r
;	"	t
?	"	u

Temos, portanto, não menos do que as onze letras mais importantes aqui representadas, e seria desnecessário continuar com os detalhes da solução. Já falei o suficiente para convencê-lo de que os códigos desse tipo são facilmente desvendáveis, e creio ter conseguido dar-lhe uma visão *lógica* da sua construção. Mas esteja certo de que a amostra que está diante de nós é apenas o exemplo de uma das formas mais simples de criptografia. Falta apenas dar a você uma tradução completa dos caracteres que estão no pergaminho, depois de decifrados. Aqui está:

A good glass in the bishop's hostel in the devil's seat forty-one degrees and thirteen minutes northeast and by north main branch seventh limb east side shoot from the left eye of the death's head a bee-line from the tree through the shot fifty feet out."(*)

– Mas – disse eu –, o enigma continua tão difícil de desvendar quanto antes. Como é possível extrair um significado de todo esse jargão sobre "cadeiras do diabo", "caveiras", "hospedarias do bispo"?

– Confesso – replicou Legrand – que o assunto ainda tem um aspecto intrincado quando visto de relance. Meus primeiros esforços foram no sentido de dividir a sentença da forma natural pretendida pelo criptógrafo.

– Você quer dizer, colocar a pontuação adequada?

– Alguma coisa assim.

– Mas como você conseguiu fazê-lo?

– O que deduzi foi que a pessoa que escreveu *fez questão* de juntar as palavras sem divisão, para tornar a solução mais difícil. Mas, veja bem, um homem não muito brilhante, ao tentar criar esse efeito, quase certamente iria exagerar. Quando, no decorrer de sua composição, ele chegasse a um ponto que, naturalmente, exigisse uma pausa ou um ponto final, seria bem capaz de juntar os caracteres naquele lugar mais do

---

(*) "Um bom vidro na hospedaria do bispo na cadeira do diabo quarenta e um graus e treze minutos nordeste e ao galho norte principal sétimo ramo lado leste solte pelo olho esquerdo da caveira uma linha de abelha da árvore pela bala distância de cinquenta pés – quinze metros."

que, naturalmente, a pausa ou o ponto final o exigiriam. Se você observar bem o manuscrito, vai notar que existem neste caso cinco ocorrências inusitadas de acúmulo de palavras. Partindo daí, fiz a seguinte divisão:

A good glass in the bishop's hostel in the devil's seat / forty--one degrees and thirteen minutes / northeast and by north / main branch seventh limb east side / shoot from the left eye of the death's head / a bee-line from the tree through the shot fifty feet out.(*)

– Mesmo esta divisão – disse eu – ainda me deixa no escuro.

"– Sim, também a mim ela deixa no escuro – retrucou Legrand. – Por alguns dias, durante os quais fiz diligentes investigações nas vizinhanças da Ilha de Sullivan, procurei qualquer prédio que tivesse o nome de *Hotel do Bispo*, pois, é claro, deixei de lado a obsoleta palavra "hospedaria". Como não consegui obter nenhuma informação sobre o assunto, resolvi ampliar a área das minhas pesquisas e, procurando de uma maneira mais sistemática, lembrei-me de repente de que essa tal de *Hospedaria do Bispo* poderia referir-se a determinada família antiga, de sobrenome Bessop que, desde tempos imemoriais, possuía uma velha mansão localizada a cerca de seis quilômetros ao norte da ilha. Assim, fui até as plantações e recomecei minhas indagações entre os negros mais velhos do lugar. Afinal, uma das mulheres mais idosas disse que tinha ouvido falar de um lugar chamado *Bessop's castel* – "Castelo de Bessop" – e que poderia talvez levar-me até lá, muito embora não se tratasse de um castelo, nem de uma caverna – mas de um grande rochedo.

Ofereci pagar-lhe bem pelo trabalho e, depois de relutar um pouco, ela concordou em acompanhar-me até lá. Nós o

---

(*) "Um bom vidro na hospedaria do bispo na cadeira do diabo | quarenta e um graus e treze minutos | nordeste e ao norte | galho principal sétimo ramo lado leste | solte pelo olho esquerdo da caveira | uma linha de abelha através da bala distância de cinquenta pés – quinze metros."

encontramos sem muita dificuldade e, depois de despachar a mulher, comecei a examinar o local.

O "Castelo" consistia em um conjunto irregular de penhascos e rochedos, sendo que um deles era notável por sua altura e seu aspecto isolado e artificial. Escalei-o até o topo, e senti-me então completamente perdido em relação ao que deveria fazer em seguida.

Enquanto estava absorto em meus pensamentos, meus olhos caíram sobre uma estreita saliência na face oriental do rochedo, talvez um metro abaixo do pico onde me encontrava. A saliência se projetava para fora cerca de cinquenta centímetros e não teria mais que trinta centímetros de largura, e um nicho no rochedo logo acima dela lhe emprestava uma vaga semelhança com uma cadeira de espaldar côncavo, como as usadas por nossos antepassados. Não tive dúvida de que ali estava a "cadeira do diabo" mencionada no manuscrito, e pareceu-me então compreender todo o mistério.

O "bom vidro", agora eu sabia, só podia se referir a uma luneta, pois dificilmente um marinheiro empregaria a palavra "vidro" em outro sentido. Assim, logo percebi que deveria usar uma luneta, assestada a partir de um ponto de vista bem definido, *não admitindo variações*. Então, não hesitei em concluir que as frases "quarenta e um graus e treze minutos" e "nordeste e ao norte" eram as coordenadas para apontar a luneta. Muito excitado com essas descobertas, corri para casa, achei uma luneta e voltei para o rochedo.

Desci até a saliência e descobri que era impossível sentar-me nela a não ser em uma determinada posição, fato este que confirmou o que eu já havia deduzido. Passei então a usar a luneta. Os "quarenta e um graus e treze minutos", é claro, só podiam se referir à elevação acima do horizonte visível, uma vez que o sentido horizontal estava claramente indicado pelas palavras "nordeste e ao norte". Estabeleci esta última coordenada imediatamente, com o auxílio de uma bússola de bolso. Depois, dirigindo a luneta por estimativa, o mais próximo possível de um ângulo de quarenta e um graus de elevação, movimentei-a cuidadosamente para cima e para baixo, até que minha atenção foi atraída por uma abertura circular no meio da folhagem de uma grande árvore que se sobrepunha a todas as outras que se podiam ver daquela distância. No centro dessa abertura, notei um ponto branco que não pude, a princípio, identificar. Ajustei o foco da luneta, olhei de novo e percebi então que se tratava de um crânio humano.

Quando fiz tal descoberta, senti-me otimista a ponto de considerar o enigma resolvido, pois a frase "galho principal sétimo ramo lado leste" só poderia se referir à posição do crânio na árvore, enquanto "solte pelo olho esquerdo da caveira" só poderia admitir uma única interpretação, em se tratando da procura de um tesouro enterrado. Percebi também que a ideia era deixar cair uma bala através do olho esquerdo do crânio, e que uma "linha de abelha" – ou seja, uma linha reta, na expressão idiomática inglesa – deveria ser traçada a partir do ponto mais próximo do tronco "pela bala", isto é, partindo do tronco e passando pelo ponto onde caiu a bala, e daí prolongada até uma distância de cinquenta pés, ou quinze metros. A linha assim traçada através dos dois pontos iria determinar um terceiro ponto definido. E debaixo desse terceiro ponto, achei que seria pelo menos *possível* que alguma coisa de valor estivesse enterrada."

– Tudo isso – disse eu – está muito claro e, embora engenhoso, continua sendo simples e explícito. Mas, depois que você saiu do *Hotel do Bispo*, o que aconteceu?

"– Bem, depois de ter anotado cuidadosamente as características e a posição da árvore, voltei para casa. Porém, no instante em que saí da "cadeira do diabo", a abertura circular na árvore desapareceu. Não consegui vê-la depois, nem de relance, por mais que a procurasse. Pareceu-me que a coisa mais engenhosa nesta história é o fato de a abertura circular em questão não ser visível de nenhum ponto a não ser a partir daquela estreita saliência na encosta do rochedo.

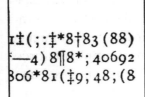
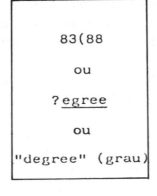

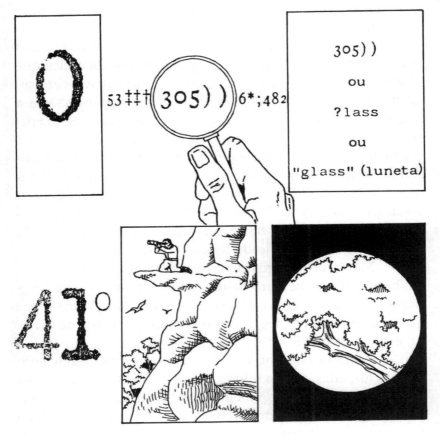

Nesta expedição ao *Hotel do Bispo*, fui acompanhado por Júpiter, que vinha sem dúvida observando há algumas semanas meu comportamento distante e tomava um cuidado especial para não me deixar sozinho. Mas no dia seguinte, como me levantei muito cedo, consegui escapar da sua vigilância e fui às colinas, procurando a árvore. Depois de muito esforço, consegui encontrá-la. À noite, quando cheguei em casa, meu criado estava disposto a me dar uma surra. O resto da aventura, acho que você conhece tão bem quanto eu."

– Suponho – observei – que você não tenha descoberto o lugar exato na primeira tentativa por causa da tolice de Júpiter, que lançou o besouro através do olho direito, ao invés do olho esquerdo do crânio.

– Exatamente. Este engano causou uma diferença de uns dez centímetros na "bala", ou seja, na posição da estaca que estava mais próxima da árvore; e, se o tesouro estivesse embaixo da "bala", o erro teria sido de pouca importância. Mas a "bala", bem como o ponto mais próximo da árvore, eram apenas dois pontos de referência para estabelecer uma direção. Naturalmente o erro, embora insignificante no início, aumentou na medida em que prolongamos a linha, e, quando chegamos a quinze metros de distância, esse erro havia nos desviado totalmente do ponto. Se não fosse a minha profunda convicção de que realmente havia um tesouro enterrado por ali, poderíamos ter desperdiçado todos os nossos esforços.

– Mas toda a sua grandiloquência, e o seu comportamento, balançando o besouro de um lado para outro... que coisa mais estranha! Eu tinha certeza de que você estava louco. E por que você insistiu em deixar cair o besouro pelo olho da caveira, e não uma bala?

– Bem, para ser sincero, fiquei um pouco aborrecido com as suas suspeitas sobre a minha sanidade mental, e decidi castigá-lo discretamente, do meu próprio jeito, com um pouquinho de mistificação. Por isso balancei o besouro de um lado para outro, e por isso deixei cair o besouro do alto da árvore.

Foi uma observação sua sobre o extraordinário peso do besouro que me sugeriu essa ideia.

– Entendo. Agora, só resta mais um ponto a me perturbar: o que vamos fazer com os esqueletos que encontramos no buraco?

– Esta é uma pergunta que sou tão incapaz de responder quanto você. Todavia, parece que só existe uma maneira plausível de explicar os esqueletos. E, no entanto, é terrível acreditar na atrocidade implícita na minha sugestão.

É claro que Kidd, se é que foi mesmo Kidd quem escamoteou esse tesouro, coisa de que eu não duvido, deve ter sido ajudado nessa tarefa. Mas, terminado o trabalho, deve ter julgado de bom alvitre fazer sumir todos os que partilhavam do seu segredo. Talvez bastassem dois golpes de picareta, com os comparsas ainda dentro da cova. Talvez doze... quem poderá dizer?

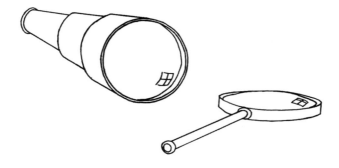

QUEM É RICARDO GOUVEIA?

Ricardo Gouveia costuma dizer: "Não sou coisas, eu faço coisas". Essa afirmativa traduz bem a versatilidade desse homem que, simultaneamente à sua carreira de ator, iniciada ainda criança, foi boy, balconista, técnico, vendedor, até poder entregar-se com mais afinco ao que mais gosta: as artes.

Escreveu inúmeros textos para a televisão, uma dúzia de peças teatrais para crianças e adolescentes, recebendo diversos prêmios. Foi jornalista, redator de publicidade, e ultimamente tem se dedicado à sua última e atual paixão: escrever contos, já tendo publicado três volumes deles.

Além desse mais recente trabalho, que considera maravilhoso e gratificante: traduzir e adaptar um clássico do porte de Edgar Allan Poe.